U0559805

时光物语与思

曹苇舫　著

ZHEJIANG UNIVERSITY PRESS
浙江大学出版社
·杭州·

图书在版编目（CIP）数据

时光物语与思 / 曹苇舫著. — 杭州：浙江大学出版社，2023.10

ISBN 978-7-308-24067-3

Ⅰ．①时… Ⅱ．①曹… Ⅲ．①诗集－中国－当代 Ⅳ．①I227

中国国家版本馆CIP数据核字(2023)第144163号

时光物语与思

曹苇舫　著

策划编辑　　董　唯
责任编辑　　董　唯
责任校对　　黄静芬
封面设计　　周　灵
插画绘制　　徐一云
出版发行　　浙江大学出版社
　　　　　　（杭州市天目山路148号　　邮政编码　310007）
　　　　　　（网址：http://www.zjupress.com）
排　　版　　杭州林智广告有限公司
印　　刷　　杭州宏雅印刷有限公司
开　　本　　880mm×1230mm　1/32
印　　张　　11.125
字　　数　　259千
版 印 次　　2023年10月第1版　2023年10月第1次印刷
书　　号　　ISBN 978-7-308-24067-3
定　　价　　58.00元

版权所有　侵权必究　　印装差错　负责调换

浙江大学出版社市场运营中心联系方式：0571-88925591；http://zjdxcbs.tmall.com

与自然亲和　为万物命名

吴　晓

　　哲学家海德格尔曾说："诗是存在的思。"此语对诗的定义颇具意味。诗既是"思"，又是"存在的思"，这"存在"应是感性的、具象的；"存在的思"即凭借意象进行构想，既有诗的美感，又有思考的深度，这才是诗。这就较确切地指出了诗的基本特性，符合诗的本义。曹苇舫的诗集名为《时光物语与思》，从这一书名就可以看出诗人对"思"的看重及对诗学的追求。

　　全书分"春的弧度""光影次序""潜行无言""经纬集结""时间拼图""界限无痕""妈咪的脊背""日子的朗读""不留脚印的路""在最远的地方看自己"等十辑，诗人以敏捷的感觉、奇特的想象、鲜活的语言，运用象征隐喻、以动衬静、虚实结合等手法，表达自己的美好心声、所思所虑。诗是最关注人与世界关系的文学样式，诗人以我化物，以物观我，以清新独特的方式感觉大自然，透视万事万物，融入对生命的感悟，呈现了系列新颖的审美意象与意境，创造了天地无限、岁月无痕、色彩斑斓、万物灵动的大千世界，给读者以美的感受和睿智的启悟。诗人借助这些丰美意象，把"思"融入诗所表达的方方面面。

诗人的笔下，世界生机不息，时空变幻莫测，物物相生，物我交融，千姿百态。细读诗集作品，以下几方面显示出作品的特色和诗人的探索。

　　首先，诗人与自然万物极为亲和，她热爱自然，赞颂自然，与自然不分彼此。翻开诗集，这种亲和感扑面而来。所谓亲和，就是亲近融和，无间无碍。诗人的这种亲和力，是面向世间万物的，面向所有的自然物、生命体。所见的一切，一座山、一条河、一棵树、一朵花，甚至一片叶、一粒沙都使她感到亲切，在内心升起喜悦、美好的情愫，然后去亲近它，观察它，触摸它，与它对视对话，在它身上寄托情感、寄寓意义。诗人爱默生说："诗人都是说话的人、命名的人，他代表美。""命名"就是给事物以意义，同时给人以美感。诗人正是这样做的。

　　例如《我的裙子真漂亮》一诗写道："我们都是跳芭蕾舞的精灵／两条细长的腿在水里／天鹅一样起舞／／芭蕾的脚尖探进泥土／生长出洁白的舞蹈鞋／我粉红色的裙子／延伸到粉色胸衣／／再慢慢地挺出鹅黄的颈／最后定格为／向天而歌的／高贵的莲"。诗写的是莲，莲本身就美，诗中把莲比拟为芭蕾舞演员，人格化了，显得更为高贵优美。

　　与世界亲和，物我无碍，没有隔阂，相互平等，把自然当作自我，把万物当作一己，把自然物当作生命体来尊重，将人格加于其上，使之更具活力，更具人情；与此同时，又把自己当作大自然的一员，与之共情，同享喜悦，共担悲苦，自我也感受到了欢愉与快乐。这样做的结果是，自然物的本体性得以回归与显现，它们不再是沉默无言的纯客体了。这是极高意义上的回归与返真。

亲和力，也是生命化写作。《绿还可以这样》一诗写道："绿得单纯 / 没有依傍 / 没有边际 // 绿就应该这样 / 疯狂，静谧，温柔，张扬，细腻，粗犷 // 在月光下轻歌曼舞 / 在夕阳下思考 / 在风中飞灵 / 在整个蓝天绽放 // 你不仅高雅、宁静 / 还特有个性 / 让风现出原形 / 在不同的物境中活出舞动的绿 / 呐喊的绿"。大自然的"绿"，被赋予个性：疯狂、温柔、张扬、粗犷，能歌善舞会思考。

自然的人格化，可以产生奇特的艺术表现效果。例如《听春》："桃花被杏花洁白的私密话 / 羞红了脸 / 鸟儿听到了 // 所有生灵的求爱 / 鸟儿都听呆了"。又如《冰来过　花知道》："冰来过 / 人不知道 / 橘不知道 / 睡去的花知道"。自然界的桃花杏花橘树鸟儿，竟是这样亲密无间！

本诗集关注弱小的个体，肯定个体价值，礼赞新生事物，颂扬逆行者，这方面的作品不少。如《逆行》："数不清的同类 / 和我背道而驰 / 我义无反顾继续前行"。又如《鸟儿可以自由飞翔》："鸟儿只在花枝上一颤 / 春天来了 / 鸟儿一个倒悬 / 春就醉了"。《小小的我》《粉黛乱子草》等作品也是如此。《在妈咪的脊背上》《妈咪出去了》《妈咪回来了》等诗，写的是鸟的一家，其中的"一家"的意象，惊人地可爱。《天地孵化的蛋》中描述了海龟上岸产蛋的匆忙一刻：海龟上沙滩后，"船桨一样的脚开始刨坑 / 然后趴下 / 仍是不缩头 / 短尾巴下晶莹剔

透 / 近 200 个珍珠一样的蛋 / 让月亮都吃惊得失去光芒 // 还是船桨一样的脚 / 用沙把蛋盖上 / 眼睛滴溜溜地四处看了看 / 仰头看天 / 低头轻吻沙滩 / 难舍地饱含泪水 / 但她们照样没有缩头 / 义无反顾地游向大海"。生命的传承，使命崇高。月在高处，微明微暗。海滩广阔，浪涛不息。海龟寄托后代，洒泪而别，大海茫茫栖何处？二十年后方归来。真正的天生地养！多么神圣的壮举！多么可敬的生命！

这些弱小的生灵，正是引发诗思的源泉。如果不去亲近，哪来发现，何来诗情？这种自然人格化写作，既给作品创造了新的视角，建构了新颖的美感，更使人的主体性回归自然，返璞归真。这也叫主体的客体化。

其次是透视力。诗是思，这思不是日常输入的思维，不是共性的思，也不是理性的逻辑的思，而是感性的思，美的思，个性的思。这思把美提升，把说理、把灌输的思想搁置，带着感性，并把感性穿透，借感性直接进入理性，这就是我们常说的直觉。直觉是对事物的直接洞察力，是携感入心、里外合一的感觉，里外兼容的思，是真正的诗的思。

试读《博弈》一诗："天空有点诡异 / ……山一边向上走 / 一边向下行 / 但在最终的交汇 / 没有输赢 // 树参差错落 / 似乎排序井然 / 有不情愿的 / 索性就起身离开 / 独立水中央 // 碧绿的波纹布满植被 / 竹筏静止地漂移 / 博弈的人目不转睛 / 相视 / 静静地等待 / 对方放下的棋子"。寂静的山林，徐缓的流水，一切似乎十分平静，毫无异常，而诗人直觉地感受到了里面不同的力及相互的较量。

　　心灵的直觉是艺术创作必需的。因为直觉不仅是快捷反应，而且直抵本质。但直觉不是对本质的直接说明，而是由感性出发抵达理性但仍以感性形式呈现出来的。所以直觉具有透视的功能，包含思考力、思辨力。《帕米尔高原的杏花》中写道："冰雪一统天下的高原／杏花亮出了自己／倔强的枝／比平原之花更厚的瓣／是她，听到了根的声音／泥土呐喊的声音／……杏花，是高原的另一场雪／——暖雪"。直觉使诗人预感到了根和泥土的复苏，春悄然而行，脚步是隐蔽的。《一树花》中，诗人说："风是没有立场的／绿是根深蒂固的"；《齐刷刷地发呆》中，诗人说："集体的怀疑不是怀疑／个体的怀疑才有意义"。《这一刻独舞开启》中写芭蕾舞演员："高贵是骨子里透出的／忧伤在眼睛里隐藏／连转身／也是淡然"。《光的重要》中写道："舞台上的光／可以叙述／也可以在今昔和过往中跳跃／／尤其是追光／给谁／谁就闪耀"。以上诗篇，验证了柏格森的说法："所谓直觉，就是一种理智的交融，这种交融使人们自己置身于对象之中，以便与其中独特的，从而是无法表达的东西相符合。"这些作品均有直觉意味，透过表象直抵本质，表象与本质"交融"，体现了"思"的特质。

　　直觉的思似乎更能引发读者去思考和探索，因为它常常以超现实、象征、荒诞、矛盾等方式表达，理解难度的增加使得读者延长了解读的时间，这就产生了诗的"张力"。例如，《伞罩着的人》写道："被伞罩着／看不见春／自然也看不见人"；

《花来敲门》一诗，写一扇古老的院门，人去推，推不开，"花来了／毫不保留地开放／气息让门有了缝隙／沁馨把门打开"。这些诗句都极具启示意义。《在最远的地方看自己》是一首关于自我反思的作品，诗中有多处意象的矛盾设置和超现实的描述：

> 一群辛劳的人／跟风景赛跑／捧着书的朗读者／没有声音／印钞机连接粉碎机／地铁车厢装着太阳和月亮／廉价的房子捆绑打包／这是我的所见／／过去的一幕／清高的在荒漠迷茫／胆小的在玻璃栈道滑翔／聪明的在精神病院睡觉／劳动者快乐地喊着号子／用汗水冲刷污垢

诗人意识到，"眼睛会虚构／心灵会说谎"，所以诗中的"我"要在"最远的地方看自己"，在最远的地方，"寻找世界的真实／寻找自己的真实"，这是发人深思的。在最远的地方回首寻觅真实，或许是反思人生的一种好策略。

运用直觉写作，可以获得审美的直观性、视觉的新奇性、指义的深度。正如宗白华所说："既使心灵和宇宙净化，又使心灵和宇宙深化，使人在超脱的胸襟里体味到宇宙的深境。"

再次，作品要有强烈的新颖感、创新感，才能动人，因此必须体察入微，写出精彩，写出精神。这就需要诗人敏捷的感知力。常听说"美在细节"，诗也是如此。我们看下面这首诗。《唤醒的枝丫》："没有色彩的背景／随意的枝丫／无规则地框住想发言的翠鸟"，春尚未到来，聪明的翠鸟有她的办法，"翠鸟侧头细想 / 我用我的红点一下 / 我用我的蓝染一下 / 我用我的咖色抹一下 // 枝丫的春意盎然就这样被唤醒"。翠鸟停在光秃的枝上，枝上无叶更无花，毫无一处是春色，仍是被冬包围的状态。而这只翠鸟一身多姿多彩，她想用自己身上的"红""蓝""咖色"各点一下，树枝不就有色彩了吗？春不就来了吗？诗人此处用了分解思维法，别出心裁，写得细致，把小鸟的善良美好及所思所想和盘托出！

敏捷的感知、细腻的视觉感，这与前文提到的与自然的亲和密切相关。亲和力是前提，没有与万物的亲近，没有对自然的爱心，哪来诗意？哪来零距离的贴身感知？正是亲和，使诗人感知到了新生的竹子生长中轻轻爆裂的声音，"有侧光的喝彩和照耀 / 爆裂噼里啪啦地 / 响彻云霄"（《爆裂的美》）；看到了鱼儿在捕食它的鸟嘴里逃离的瞬间表演，"你一成不变地抛起 // 我悬空 / 在滴答一秒的自由 / 弹动左边的鳍 / 飞旋扭曲 // 最后的精彩 / 定格 / 你高超的捕获技艺 / 我淡定的跳跃逃离"（《精彩的一搏在最后》）。

说到细节，人们一定会想到那是叙事文学的事儿，跟抒情诗无关。在这里我要说说自己的观点。可以说，文学史上没有纯粹的抒情诗。文字的创生，先是为了记事，后来才用于其他，古今中外概莫能外。早期产生的史诗就是典型的长篇叙事诗。抒情诗是建立在叙事基础上的抒情，无法脱离叙事而独立存在。《诗经》第一首《国风·周南·关雎》开篇就是"关关雎鸠，在河之洲"，是在叙事。唐诗宋词类别颇多，其中大部分在叙事，但总体上被框定在抒情诗范畴。20世纪90年代，诗坛也曾出现"叙事性写作"，即叙事倾向较强的写作。所以，叙事诗、抒情诗没有严格的界限，甚至"界限无痕"。两者之间也不存在孰高孰低的问题，根本上要看诗写得如何。本诗集中也有几首叙事倾向较强的作品，其中的细节描述，因细而触目，因微而惊心。先看《叛逆的六妹和三姐的一双小脚》一诗：

> 5岁那年的冬天三姐开始裹脚/缠足时大脚趾不动/其他四趾压到足底/用棉布裹紧/三姐眼泪汪汪地看着母亲/不敢反抗/她是要做童养媳的/婆家要小脚女人//7岁时再把趾骨弯曲/用裹脚布捆牢/三姐的个子在长高/但脚的长度停滞在5岁//骨骼定型后/三姐的脚后跟与脚尖呈三角形/脚背高高拱起/四趾全部挤压到脚底/正中是一道深深的沟壑/脚后跟由于长时间的受力/变得有点像木桩

这样的情景，这样的惨状，看了让人无法不泪目！一字一句都在控诉！这就是敏感的力量、细描的力量。如此详述的女子裹脚的细节，即便小说中也很少见到，何况诗歌？今天在这本诗集中读到这一幕，应属难得。再来读另一首——《戏痴审椅子》。戏痴是"黑五类"子女，五官身段都好，且能唱会跳，却因出身不好不能参加文艺表演，后以"可以教育好的子女"的身份进了大队宣传队，担任婺剧《审椅子》的主角。戏痴受宠若惊，开始苦练，诗中写道：

戏痴感动得热泪盈眶 / 拿着剧本苦练 / 每天很早起床到水渠边吊嗓子 / 走路时会突然停下 / 甩头亮相 / 出工时 / 在田野看飞鸟 / 在池塘看虫鱼 / 训练远近顾盼 / 收工后偷偷躲开人 / 点燃一根细细的树枝 / 磨炼视觉定力 / 晃动细枝 / 练习眼神的转动 // 最绝的是每天回到家 / 拿一把椅子 / 上下左右 / 里里外外 / 走着台步绕着审 / 这以后她不管到谁家 / 第一眼盯上的就是椅子

　　从体态、动作，到行为、心理，笔触到处，能见人见声，今天读来，仍存岁月的那份苦涩。这种细腻的超常人的感知，可以被称为超感知，虽近乎天赋，却是可以通过深入体验、凝神关注获得的。

　　曹苇舫说："每一段平凡的人生都值得诗的赞颂，我为这些生命歌唱，从而使那过去的每一分、每一秒、每一份记忆，都成为鼓点的敲击"；"诗意的抒发不仅需要天地合一，与自然和谐互动，更需要超越人的繁杂心境，置身强大的宇宙灵性磁场，在细节的体察中寻求最真实的存在"。这一感悟是颇有意义的。

　　她的诗与现实相衔接，关注平常人的生存，聚焦实实在在的生活和人生，支持逆行者、弱小者，同情底层劳动者，思考当下，探索未知。她对生活充满热情，对周围的事物总有那么一种新鲜感，时时有新的发现。如《河埠头》《钟点工小庆阿姨的24小时》《在别墅装修做浇筑的农民工》等作，写的都是身边的人和事，真实自然亲切。

这是一本写给时光的诗集。时光即时间。"时间"一词看起来简单，其实十分复杂。时间不能独立存在，没有主体性，它需与空间并存，否则就无法显现。正因为它无形，所以时间也是艰难的艺术，但时间可以在诗中得以完美呈现。

　　在诗人笔下，时间的表现十分自由、多样、灵动、活跃。时间在思考，在生长，在集结，在飞翔，在开放，在喧腾……春天有了弧度，光影有了次序，生命在潜行、在舒展……呈现出一幅幅生动美妙的图景，自然万物，生机盈溢。

　　这是时光的生命学，时光的美学，时光的诗学。时光美好，时光的物语与思丰沛而深邃！

2023 年 8 月于杭州

目 录

第一辑　春的弧度

003　我想打开看看

005　爆裂的美

006　觉醒的柳

007　木桩上的鸟

009　立　春

010　萧瑟丛林中的两只小鸟

012　听　春

014　一树花

015　鸟儿可以自由飞翔

016　唤醒的枝丫

017　石的萌动

018　春光乍泄

019　我能撬动你吗

020　破瓦而出

021　安静在生长

022　春桥相会

023　帕米尔高原的杏花

025　我用所有鸟魂之力托举

026　紫云英

028　伞罩着的人

030　花来敲门

032　求　问

第二辑　光影次序

035　　我的舞台是绿色的

037　　一墙花

038　　说谎的帽子

039　　光的重要

040　　色彩的次序

041　　与众不同

042　　春的拾荒者

043　　我的裙子真漂亮

044　　逆　行

045　　这一刻独舞开启

046　　被做成花瓶的门

048　　并蒂果

049　　夜的坚持

050　　两根藤

051　　上面是鹬，倒影是鱼

052　　沉静的我和鲜活的你

053　　把所有的孤寂留给我

055　　依次更替

056　　悬崖间的舞蹈

058　　照耀一棵树

059　　夜　光

第三辑　潜行无言

063　　白鹤亮翅

064　　纤细的潜行

066　在天上锚定

068　看海去

069　哪哪都有根

070　吞食的技巧

072　大山里的梯田比天高

074　有高度的美

076　关于波浪的谈论

078　古典舞韵

079　仰天俯地的瓦

081　思念是一种空白

082　给花花喂虫子

083　色彩的倾斜

084　在梦的湖水里逐浪

085　扯不断的暖

087　一眼千万年

088　花开无界

第四辑　经纬集结

093　小小的我

095　绿还可以这样

096　精彩的一搏在最后

098　草鞋搓进了天地经纬

100　与花纠缠

101　一树成林

103　对他们来说这就是朝圣

105　支　　点

106　齐刷刷地发呆

107　一路花开

109　不同的存在

110　垃圾场的轮胎

111　简单一点更好

112　水有点意思

113　弯　道

第五辑　时间拼图

117　树不再发言

119　鸟儿们开会

121　石头的行走

122　温度的较量

123　我怎么不能在你身上栖息

124　冰来过　花知道

126　沙滩上的天鹅

127　花开雪地

129　大白鹅羽翅的扇动

130　成熟是秋的最后一站

131　离蓝天最近的舞蹈

132　昨天的心情很平静

133　亘古不变

134　岁月是片段

136　打水的桶

第六辑　界限无痕

141　博　弈

142　天地孵化的蛋

145　鸟蛋想在树上开花

147　落日等着石门开

149　粉黛乱子草

151　有一种生息叫传导

152　较　量

154　无叶的枝被绿叶吹拂

156　在湖边

157　红叶与鸟的对话

158　无人区的喧哗

159　一个人的海

160　绿极的崩塌

161　画笔被猫啮齿

163　化石的语言

164　鹰的弧线

165　往下的力量

167　里外看缝隙

168　麦子在收割时发芽

第七辑　妈咪的脊背

173　元宵是有黏性的

174　同一个窝

176　爸比，花开了

177　夜　读

179　在妈咪的脊背上

180　他怎么过去了

181　妈咪我要

183　石头做的菜

185　牵着父亲的手

187　妈咪出去了

189　妈咪回来了

190　妈咪，我长大了

191　生气了吗

192　各就各位，预备

193　我要不要把自己嫁出去

195　我们要这么一本正经吗

196　缺席的温馨

198　枝叶茂密

200　被光点燃的陪伴

202　过日子

第八辑　日子的朗读

207　风雨的雕像

209　疯子的尊严

212　生产队的手扶拖拉机

214　河埠头

216　赶场看电影

219　晒谷场

221　独轮车的路

223　乡村宣传队

226　戏痴审椅子

230　看瓜人的夜晚

232　无形的物种

233　风在教室穿行

235　伞是有记忆的

第九辑　不留脚印的路

239　关于龙禄的叙事

239　近代家史

240　第一次工作

242　随性的代价

244　努力的结果

246　修水库

247　自立的日子

249　过继儿子

252　被过继子逼走

254　闻到花香

255　遇上桂英

257　迟来的爱

259　小姑不认桂英

262　有老婆的日子

263　走亲戚

265　哪里来的茉莉花香

第十辑　在最远的地方看自己

271　叛逆的六妹和三姐的一双小脚

277　钟点工小庆阿姨的 24 小时

281　在别墅装修做浇筑的农民工

284　廊桥的山里娃

286　快递小哥

288　少女的麻花辫

290 打工的狼

294 挑夫挺直的背

296 雕塑纤夫

298 六安护工席卷病房

302 女人想要一张书桌

304 如此美妙的背影

307 游埠的早茶

309 飞翔带货

311 对羽毛的爱惜

312 背景是墙还是风

313 当陷入无解

315 野性无价

317 土墙上的艺术

319 普姆雍措上的羊

321 通天阅读

322 在最远的地方看自己

324 扎下根的校报情

328 **后 记**

第一辑
春的弧度

　　早梅报春之时，暖意尚在远天徘徊。时光的脚步温柔而坚定，生长永不停滞。一切就似水沸前上蹿的微小气泡，一种洒脱和舒展在无觉中滋生飞扬。所有的生灵竞相表达焕发的渴念和意义！

　　风时缓时疾，让流水中独立的巨石，有了波涛的激荡。云雾的轻抚，细雨的滋润，使万物更加亢奋，处处显示生命的强劲痕迹。雷声只需轻轻一响，一场严冬的梦魇就结束了。接着是阳光渐行渐暖，大自然的调色板肆意涂抹……熏风过后花竞发，一浪又一浪，漫布至天涯。生存，无须寻找理由！

　　春是有弧度的，这一弧就弧出满眼的生机，万物由此呈现一切的可能。

我想打开看看

这幅还没有来得及装帧的画
紧紧卷着
荷塘看着绝世画作
笑出超凡脱俗的纯粹
晶莹剔透的露珠
汲取万物精华
细心地清洗卷轴上的尘埃

画卷上天绘的线条凹凸清晰
荷塘的泼墨
让卷着的叶绿得通透
无半点瑕疵

画卷用灵气
把鸟诵的经文镌刻
茎把花蕾燃红
穿越史前文化
融进春华秋实的惆怅

承受着所有眼神洗礼的画卷
我很想打开看看
天地之笔是怎么画花的睡姿

画山脉的走向和果实的奥秘
可画轴就是打不开
像是定荷塘的神针

2023 年 6 月 16 日

爆裂的美

都是倩倩静静的
挺拔秀美
身边那株同样破地而出的
也包裹得紧紧，纤细
只有你不管不顾地爆裂
大胆地露出还不够成熟的绿色

或许是压抑得太久
那爆裂后的小耳朵
接受着天地的各种信息
让爆裂更张扬

父辈们一意孤行地想遮住
可还是有侧光的喝彩和照耀
爆裂噼里啪啦地
响彻云霄

2022 年 5 月 27 日

觉醒的柳

觉醒大多是忍无可忍
你的觉醒不是

天太丰满
你纤细的前景
尤为迷人
身后壮实的楼层
无限制地铺开
倒影也被省略

其实你的母体早已感觉到
你不安分
于是你就成了健壮的早产儿

妩媚而不柔弱
清扬得让风喝彩
朦胧得让烟雨丝丝入扣

2023 年 2 月 6 日

木桩上的鸟

听任上天的风
把湖水的波纹漾成一致
不东不西不南不北
不叠不散不圆不方

遵从指令的人
把桩打成一致
不左不右不前不后
不高不低不粗不细

自由的春
突然放出三只一模一样
穿着黑礼服的鸟
站到这个湖里
三个一模一样的桩上

鸟儿心情大好
觉得要改变一下自己的形象
一只鸟用意念缩小
一只鸟用滚轮放大
一只鸟索性用
Ctrl+C 和 Ctrl+V 进行复制

还不够
保持一致的类同
鸟儿不喜欢
我的站姿我做主

我的头随意朝向右
我想看倒影要低头
我微仰　自信地朝向远方

三只有灵性的鸟
随性洒脱
站得让春千姿百态

2023 年 3 月 6 日

立　春

站在深绿的枝丫上
让一个新的季节
立定

这是残冬的最后一天
怎么就觉得胸口开始膨胀
腹部的累赘也开始收紧
有点害羞
脸颊泛红

投向渐渐升腾的暖气
每根汗毛都在狂想

2023 年 2 月 4 日

萧瑟丛林中的两只小鸟

线条丰满曲折的光枝上
我看到了你
一身华丽的色彩
是充当美的使者吗

在你身边我相形见绌
我和无叶的枝同类色系
单一的褐色
绝对会被无视

你应该站在百花丛中
即使万紫千红
也是别具个性的存在
艳丽不俗
更有舞者的风姿

但你选择了这片萧瑟的丛林
选择了和我在一起
面对寒冷与暗淡
要把枯竭的生命唤醒

不怕等待的漫长

用心的温暖

摇晃、跳跃、低鸣

让光枝笑出绿

2023 年 3 月 24 日

听　春

先驱的梅嗒的一下
掉落
光
顾自跳来跳去
滚动的水滴
融化了冰

鸟儿站在树的梯形座位上
仰头倾听
风太吵
芽最早地舔唇
像睫毛眨动
几乎无声无息
当毕毕剥剥响起
就呼啦啦绿了一片

惊蛰的雷
让鸟儿吓了一跳
就听那虫们唰唰地
重新站到自己的领地
小蝌蚪唑溜溜地探出
黑色小脑袋

咕咚咕咚冒出泡泡
鱼把盆腔里的金黄
全都吱吱地射到湖海里

桃花被杏花洁白的私密话
羞红了脸
鸟儿听到了

所有生灵的求爱
鸟儿都听呆了

2023 年 3 月 24 日

一树花

绿叶肆意疯长
你却被厚厚的壳包裹
封闭了多个季节

在快窒息的时候
天际赶来的风
让你破壁绽放

原来时光是有安排的
此时轮到你上场
彻彻底底向天展示

花开满树
行动一致，神速
不给绿一丝缝隙

只可惜绚烂的你
忘记了
风是没有立场的
绿是根深蒂固的

2022 年 4 月 8 日

鸟儿可以自由飞翔

鸟儿可以自由飞翔
人不可以
鸟儿可以倒着看世界
人不可以

人可以说谎
鸟儿不可以
人可以禁锢
鸟儿不可以

当人在呐喊：
冬天到了，春天还会远吗
但轮回还是需要一季

鸟儿只在花枝上一颤
春天来了
鸟儿一个倒悬
春就醉了

2022 年 4 月 6 日

唤醒的枝丫

没有色彩的背景
随意的枝丫
无规则地框住想发言的翠鸟

翠鸟侧头细想
我用我的红点一下
我用我的蓝染一下
我用我的咖色抹一下

枝丫的春意盎然就这样被唤醒

2022 年 4 月 9 日

石的萌动

眼前是花树灿然
身后是雨意朦胧

就这点地盘
上行时是繁星的憧憬
行到高处
是断崖绝壁

我用脚丫丈量着下行
昂起头压低尾
没有凭借双翼
虽然翼有微微的颤动

繁星已在眨眼
风让岩石孤立
我想让岩石萌动春心

2022 年 4 月 15 日

春光乍泄

花开一朵
你倒立拥抱在胸前
背后是隐约的绿

枝的另一头
我跳跃着
忆那无花的季节

我们一起迁徙而来
花儿留不住
你抱在怀里
就有了花的烦恼

我静谧地踩着单调的枝
俯身听一听枝头
春光乍泄

2022 年 3 月 8 日

我能撬动你吗

如此庞大的躯体
披着铠甲
已有千年的历史

我只是抓住你一根细细的枝丫
枝丫上已经爆出芽
我的爪紧紧地扣住
感受到生命之液的流动

我能撬动你吗
我仰望你
但并不胆怯
你挡住了蓝天
我却要把蓝天全部留下

2022 年 4 月 19 日

破瓦而出

瓦喜欢遮挡
遮风挡雨
同时也抹去了人的视线

瓦还喜欢掩盖秘密
不让外人看自己藏了什么
天空更不知道屋里的情况

墙异曲同工
有的比瓦还高
鳞次栉比

生命靠缝隙
渴饮阳光雨露
顽强地四处碰触

蓝天吹响哨子
传奇
破瓦而出

2023 年 4 月 10 日

安静在生长

风带走了草垛
云的脚步无声飘移
树上的房子打开窗
眼前一片绿光

在梦境的时间
踩着风筝飞舞的梯子
降落
声音被耳朵关闭
空旷的起伏里画出
柔韧的尾羽和尖锐的喙

这里只有我一个
对静默发言
大地坦然地接纳
周围安静在生长

2022 年 4 月 1 日

春桥相会

我们来谈恋爱吧
嗯
想我吧
嗯
你耸动那小翅膀
是想抱我还是想飞
嗯？

2022 年 4 月 6 日

帕米尔高原的杏花

帕米尔高原
严寒封锁了一整个长冬
杏花降临
崖缝间，冰湖畔
淡淡地，透出一抹粉色

淡淡的，类似于火的色彩
足以使雪的恣肆有所收敛
是的，杏花不可抑的力
迫使狂舞的雪，一步步
后退，直至回到
原先的雪线，雪的领地

冰雪一统天下的高原
杏花亮出了自己
倔强的枝
比平原之花更厚的瓣
是她，听到了根的声音
泥土呐喊的声音
风从另一个方向吹

这，唤醒了更多的生命

巨鹰冲出了岩窝
野马、雪豹疾驰
棕熊、牦牛脚步铿锵
闻着花香
雄性的力量勃发

刚强地逆行
杏花，是高原的另一场雪
——暖雪

2023 年 3 月 28 日

我用所有鸟魂之力托举

风雨之后
我抓住折断的枝
用所有鸟魂之力托举
只为身后那依稀可见的春意

孤独是必然的
因为所有的人只会享受春
但在春还不确定的时候
多变的季节
我会选择无畏

2022 年 4 月 7 日

紫云英

紫云英的花朵很小
我喜欢采来装饰扣子
风来了会带走
大概是
想让她获得短暂的快乐和自由

紫云英的叶能吃
酸酸的
一个劲地分泌唾液
坐在田埂上
嚼着叶
戴着花
很朴素的春天

紫云英的花不是自谢的
在她长得最茂盛
开得最迷人的时候
农人们赶着牛
用犁耙
把花和叶翻到地底下

种田插秧时

泥土被紫云英酿得黑黝黝

收获的日子

金色稻浪唱的是紫云英的歌

2023 年 4 月 3 日

伞罩着的人

一棵树
一棵含苞的桃树
让柳丝从天上垂下
小草拱起碎石
季节的脉搏起跳

一切的复苏
步伐都是轻盈
先知先觉的人
克制不住地想看风景

与雨同行
脚无可选择地浸在水里
手麻木地把伞撑开

行走的伞是另一种风景
跟雨丝对接
开出各自的花
硕大的花

被伞罩着
看不见春

自然也看不见人

浓雾是宽大的睡袍
模糊了身形
春，仍然未醒

2023 年 3 月 28 日

花来敲门

这扇门一直关着
双开的朱红色
门环是铜质——
金色威武的狮子头

门关闭
被晒干的往事
把涩味的空气凝滞
聒噪日子过得寡淡

门打开
流出岁月
新鲜的脚印来来回回
带走了尘埃

门的使命
是家的稳定
外面的声音混乱，必须
隔绝，阻断

一直有人敲门
持之以恒

门索性闭上眼
封存记忆

花来了
毫不保留地开放
气息让门有了缝隙
沁馨把门打开

2023 年 3 月 27 日

求　问

春天是这样的吗
花似光
叶似影
我该歌唱
还是该守候

我站立的枝干
什么都没长
是否在静默中
有更惊人的孕育
把香艳舞向天空

不问花何时开
无花的枝更真实

2022 年 4 月 19 日

第二辑
光影次序

　　无边的宇宙，缄默不语，深不可测。要有光，就有了光。

　　光是有序的、有层次的。星河飞旋，天地苍茫，大自然的光依然绚烂旖旎。

　　宁静的夜被蛙声唱响，草丛里萤火虫闪着淡绿色的荧光飞领游人，那是戌时的色彩；蛋清色的天幕披上霞光，翠竹、绿荷上滚动着晶莹剔透的露珠，那是卯时的色彩；火球当空，披着黑色铠甲的蝉在树荫下拼命吸汁，红锦腾空戏水，那是午时的色彩；蒸腾的热气触激电闪雷鸣，冰晶跃下，彩虹落在天边，那是酉时的色彩。

　　光影创造了万千色彩。

　　周而复始，光影的次序是所有天生丽质的美景、美物极致的相辅相成。

我的舞台是绿色的

我的舞台是漂浮的绿色
面灯，顶灯，侧灯，脚灯
打的全是黑光
只有天鹅的舞蹈
才配光辉笼罩
而我在这漆黑的背景里
享受饱满的孤独

黑暗应该更有力量
我自信地站立
没有天鹅细长的傲腿
不在乎气质的优雅

打给我的黑色
恰到好处
连接了远处的熠熠波影

向后延伸的翼
让我的胸膛挺起
有了飞翔和悬跳的双重概念

绿的漂浮格外显眼

旋律尤为完美

黑暗里，我为自己

演绎了最成功的一幕

2022 年 5 月 2 日

一墙花

什么时候人类开始垒围墙
就感觉安全
围
其实是让人恐惧的

天无边
地无边
心无边

花开的季节
不顾一切地舒展
探出每个缝隙
没有什么可以阻挡

一道渐进的光
花们
毫不吝啬地给了斑驳的影

2022 年 4 月 28 日

说谎的帽子

帽子狡黠地盖住抬头纹
喜欢漂亮的女人
被帽子戴得岁月青葱
帽子遮盖稀疏的发
额头顿显饱满
小脸俏丽得只有巴掌大

帽子被太阳烤得卷曲
怕谎言揭穿
就跟爬满波纹的脸说
把帽子再拉低点
不要抬头

太阳还在尽情燃烧
帽子卷得只剩下顶
脸清晰地露出
已经晒得红彤彤
帽子羞愧地滑落
脸上的褶子笑成麻花

2023 年 6 月 27 日

光的重要

舞台上的光
可以叙述
也可以在今昔和过往中跳跃

尤其是追光
给谁
谁就闪耀

光让你明媚
有层次
凸现你优美的舞姿
不记得昨天、今天、明天

当追光转向另一个舞者
叙事的结构就有了改变
沉静的美
不需摇曳
光圈里的舞者独立成花

光重又回放
暗影里的舞者
再次转换出曾经的璀璨

2022 年 4 月 25 日

色彩的次序

绿想跟红说
我托着你
红想和黄说
我托着你

原来是绿盖住红
红包裹黄
黄忧伤自己的被埋没

都是骇世的美
引无数人驻足

当层层的展现开启
最后脱颖而出的黄
却集所有的绿
茎的绿
蓬的绿
叶更是无边的绿

唯有红懂得选择
瞬间消失得无踪无迹

2022 年 4 月 27 日

与众不同

花开满湖
一枝枝笔直的茎
占据了整个空间

我已经没有进路
细直的茎
用尽全力也没法站稳
幸亏有蕾牵拽

蕾知道自己的绽放
需要另辟蹊径
于是让茎弯曲
拥有一个别样的角度

摇曳的绿
汪汪的湖水
都为这样的艳丽惊叹

千姿百态的荷
就是这样柔韧

2022 年 5 月 7 日

春的拾荒者

一束金光穿透
生存的无畏
滴落的汗水
给了艰辛无限省略号

樵夫的身影
是蜿蜒崎岖的山路
肩头的柴是亘古轮回的延续
季节的延续

樵夫脸上的皱纹
要比树皮深刻细腻
爬满鱼鳞的手甩着斗笠
吆喝着风

和蔼的阳光笑着逃离
雾霭缭绕
春的荒芜
在炉灶上熊熊燃烧

留下的落叶划破寂静
飞舞林梢

2022 年 5 月 8 日

我的裙子真漂亮

我们都是跳芭蕾舞的精灵
两条细长的腿在水里
天鹅一样起舞

芭蕾的脚尖探进泥土
生长出洁白的舞蹈鞋
我粉红色的裙子
延伸到粉色胸衣

再慢慢地挺出鹅黄的颈
最后定格为
向天而歌的
高贵的莲

2022 年 5 月 1 日

逆 行

数不清的同类
和我背道而驰
我义无反顾继续前行

不问他们为什么退却
无论是风的变向
还是云的流转

一个人的逆行会惹众怒
那迎向我
成群骤起的语言
似利剑
那统一的步调
如雷霆

特立独行没有沮丧
我的灵魂在你们之上

2022 年 5 月 2 日

这一刻独舞开启

——献给芭蕾舞海薇老师

当乐池响起柴可夫斯基的《天鹅湖》时
大提琴的低音炮演奏
让舞台空旷
所有的天鹅舞者消失

唯有你
天鹅臂的扇动
脖颈的无限延伸
下颌微微仰起
眼睛看着两点方向
五位脚踮起，打开

你的亮相
让所有的忧伤
不算忧伤

高贵是骨子里透出的
忧伤在眼睛里隐藏
连转身
也是淡然

2022 年 5 月 5 日

被做成花瓶的门

工艺品的花瓶
摆了一架
有很多脚会停留
女人被说成花瓶
也是养眼的

一堵青砖墙上的门
被艺术成花瓶
门就有点烦
尤其是在一树花前
屋檐笑出眼泪

不管打开还是关闭
色彩虽然变了
里面也装得满满
但还是花瓶的形状

花傲娇地把脸扭向天
每天和白云交谈
还让鸟儿捉虫子打扫卫生
在花丛中谈恋爱

扎在泥土里的根
不换水不腐臭
做成花瓶的门
永远不会得到花的赏识
花清楚
进去就是禁锢

门觉得自己被画蛇添足了

2023 年 3 月 29 日

并蒂果

一朵向着你
一朵向着她

你大胆热烈地跟我交流
我羞花了
她饥渴地看着我
我动心了

你们是同一个诉求
可是羞羞的那个她
更有魅力
否则我们不会紧靠着
不设防备

虽然我们并蒂
却因你们的目光
果的结束过程会不同

2022 年 4 月 30 日

夜的坚持

水天相映
山的环形起伏让暮色有了层次
光在西边的地平线
做最后的演奏

群鸟齐唱感恩曲
用飞翔绘画
流淌宁静
路是五线谱的跳荡音符
白色丝带蜿蜒

夕阳旖旎的云彩点染铺陈
一切杂念被瑞霞剔除
夜的坚持
让夜幕开始垂下

2022 年 7 月 12 日

两根藤

你是直行向上
我是倾斜铺开
你绿意盎然
我见藤不见叶

我们都在一堵
厚厚的爬满青苔的
石头垒成的墙上
你蜿蜒着臂
我挺直着胸

不在乎谁青绿谁壮实
不在乎谁高谁低
心里一个秘密
要让石墙布满生机

生长就是一场攀岩
曲折更有向上的空间
石墙懂的
石墙上的绿苔衣懂的

2022年5月3日

上面是鹬，倒影是鱼

水清浅透明
鱼想在天空翱翔
鹬想在水里隐藏

站着的鹬
向天水宣告
谁说我只在浅水边
吃小鱼
我的脚有多长
水就有多深

鹬骄傲地踩着水中的鱼
细长的嘴舞着指挥棒
超长的脚弹着乐曲
直直地刺住目标
可以是降 B 大调
也可以是 #F 和任意符号

鱼早已无影无踪
飞跃成鹬
快乐地舞蹈

2022 年 4 月 11 日

沉静的我和鲜活的你

那么明媚
毫不保留地开放自己

看你随风轻摇
看你淡淡的妆容正好
不妖娆
不造作
披满光影

你感受到我的注视
娇羞地抿嘴微笑
我只能静静地
久久地
灵魂出窍

2022 年 4 月 23 日

把所有的孤寂留给我

你们喜欢挤挤挨挨
花红叶绿的日子
可以随意地表演
闲言碎语层出不穷

私语的暴力
足以让与众不同的花骨朵趴下
让所有的绽放全是一模一样

终于
风把家搬空
回忆在倒影里
留下的只有一盏孤灯

我喜欢的色彩就是大片的白
和黑的点缀
不受谁的指使
也不在乎暴风雪的骤临
我的欲念被风鼓动
搏击的节奏富有力度和快感

眼前的空旷

透出坚持者的柔韧
接受所有的孤寂
享受夜的静谧
和水流淌的声音

2022 年 5 月 11 日

依次更替

绿波还是一如既往地
护着娇艳的公主
可惜公主的裙带松了
漂亮的裙摆不停地往下掉

空心的茎认为主角该替换了
娇嫩的鹅黄更有魅力
谢幕的花瓣只能
留下不同的姿态

有的匍匐身躯
心甘情愿
翘首的
忘不了被聚焦的感觉
渴望重新回到
盛开的日子

新旧的更替阻挡不住
落得干净
最后的亮相
才会更丰硕

2022 年 7 月 12 日

悬崖间的舞蹈

翅膀扇动
身体悬浮
垂直的尾唤起垂直的力

崖深万丈
岩石耸立

崖间的飞翔是生命的舞蹈
每根羽毛都能听懂
水石之声的节奏
风与古树藤蔓纠缠的旋律

静止
或者疾飞
偶尔穿越云团
相向回旋，上下腾跃
把自如与舒展
写满绝壁

悬崖不语

风起自山涧

水声悠扬
古树藤蔓敲击岩壁
雏鸟跃跃欲飞

2022 年 5 月 16 日

照耀一棵树

树此刻觉得很荣幸
仰着脸
伸开双臂踮着脚
坚信已经被光浸透

树又觉得奇怪
为什么自己没有影子
光却是有很多
树还发现自己的根没了
大地也不知去向

树在苍茫里
被照耀得无地自容
他想逃离
但悬浮的照耀统治了夜

孤立的树挺起了腰
光再次打来
所有的秘密爬上树梢

2022 年 6 月 12 日

夜　光

当太阳回家的时候
夜光开始登场
众多飞蛾跃跃欲试

一束光诱惑的是小众
千束万束的光
让这原本和谐的黑
进入狂躁

夜色中光的声音
嘈嘈杂杂
哼哼唧唧
细腰在闪烁下扭动
杯盏的碰撞酒精的炸裂
墙在移动
颠跑的人
高耸的楼
旋转得心花怒放

万物也一样
向阳的花和叶
刚蒙眬入睡

被夜光照亮
又重新翩飞

夜光的欲望膨胀
要收割
让地球绕着转的太阳

2023 年 1 月 19 日

第三辑

潜行无言

随风潜入夜，润物细无声。潜行是悄无声息的，但却能唤醒、喷薄，撼动一切。一个"潜"字，道尽世间万物从一极到另一极的转化，就像一棵树，由根的潜行到枝繁叶茂。

大自然的轮回，因果丝丝相扣，所有的果皆源于潜行的因。

海啸在波浪里潜行；白云潜行成苍狗；火焰的潜行枯焦了土地；沙粒的潜行飞扬成沙尘暴；水滴的潜行让冰山崩塌，岩石穿心；飞翔的潜行直冲云霄；星星的潜行幻出银河浩瀚……

潜行无言是万物的玄机，生生灭灭，潜行不息，万物无解。

宇宙的丰盈皆源于此。

白鹤亮翅

不是并列
是前后的顺序
步伐整齐，左右一致
脖颈伸进前者的翅膀
撒欢跳跑

躯体似波浪起伏
一切的不确定
被童心取代
放任，让原本的滑翔
变成鸵鸟跳的小天鹅舞

前面是大海
脚下是霞云铺的地毯
踩着点点光斑
白鹤亮翅
爆发力如闪电
冲天而上

2022 年 5 月 15 日

纤细的潜行

我被埋进厚厚的土里
眼前一片黑暗

季节的空气湿润
春雨让我膨胀
爆出的芽像射出的精子
在泥土里快速游走
探寻着床

我扎根了
但还必须生长肋骨
四肢臂膀
汲取所有养分
阳光雨露在上面召唤

我让泥土洗净
挣扎的血色
纤细的躯体从最深的底部
还有舒展开的纤细
全都牢牢抓住
能抓住的一切

终于
深埋我的泥土被撬动
拱出鹅黄
大地，成了我的舞台

2022 年 5 月 22 日

在天上锚定

流淌变幻莫测的天
跟大海一样
没有走在陆路上的安全
如何在天上锚定
成为一种渴望

一只鸟
飞在空中无依无傍
浪荡的风无羞耻地追逐
云涛也随风翻卷
鸟想减速，旋泊

辽阔的灼热不留一点缝隙
更是压抑得喘不过气
海是沉降的
只要有足够的力
就可以锚住

天是没有灵魂的悬浮
对一切都是抽离
太阳可以抽走光
风可以吸走万物的气息

暴风雨中的鸟

跌落在枯树丫

全身羽毛湿透

不再后退

爪牢牢抓住倒悬的枝

紧缩头和尾

锚定了自己

2023 年 6 月 25 日

看海去

你们一直这样待着
同个姿态
耷拉着尾
脚懒散地分离

我低下头
拱起背
挥出双臂
向上 45 度展开
脚掌嵌进泥沙
两腿直立预备着爆发

远处是海
透着诱人的深蓝
深吸一口气
我要飞了
去看大海

2022 年 5 月 9 日

哪哪都有根

沙漠
细腻金黄的波浪
长叶的根和不长叶的根
是上面连着还是下面胶着

首先
是沙吹倒了树
树倔强地躺平
但没有被埋没
而是弯曲成最有力的角度

只是根的探寻
让横着的枝丫在沙底下复苏
开始自由铺展

树根汲取沙海下稀缺的养分
向满眼的褐色输送
枝丫的根就这样蔓延
缓慢，但不停滞

2022 年 7 月 12 日

吞食的技巧

不知是巧合还是刻意
抓住的枝尖长如鸟喙

看到鱼的一瞬
全身绷紧
尾慢慢翘起
跟跳水运动员一样
笔直入水
裁判打出的应该是满分

重新越上枝
收获满满
鱼很大，比吞食的嘴大
吞食者钳住鱼摔向枝
惊人的力
溅起水花点点
反复多次

吞食者的嘴是尖的
鱼横在嘴里
办法是把鱼抛起
衔住

再抛起
衔住
最后鱼和嘴成了直线
消失

那张着嘴的枝也在吞食
它吞食的
是记忆

2022 年 5 月 20 日

大山里的梯田比天高

山坳里的村子被大山包裹
一切都是碗底
人自古喜乐开垦
碗底就这么浅浅的一圈

水往低处流
大山的田往天上走
田要先蓄水
农人们分别切割
山坡被描绘得高低错落

高处长满了草和灌木
低处种上水稻
插秧的季节
农人们提着嗓子喊
放水喽
水天相映
脊背从上往下移

当稻谷成熟
农人们拿着镰刀
一群草帽从下往上攀

层层的梯田叠叠的山

盛饭的碗年年金黄

2022 年 5 月 26 日

有高度的美

一枝荷花长得很高
高得像一棵小树
水里的鱼
觉得她高与天齐，光芒四射
是娇艳高贵的女王
围着她打转，追逐跳跃
吹气泡赞美

鱼生活在水里
看到的不是淤泥就是腐叶
最低处的生存，有限的自由泳
无光，暗淡
只有向上望才舒畅
绿叶红花明媚，云无拘束地飘

荷听懂了鱼们的心思
摇曳，舞姿倒映
把最美的花瓣回赠给鱼
她说采莲的季节到了
你们会听到采莲女的歌

荷选择最美的时节告别

鱼们心有所失，但依然打圈
这时是在寻觅
寻那曾经的最美
寻那所盼所思

2022 年 6 月 20 日

关于波浪的谈论

两个极认真的论者来了
观点跟他们的长相非黑即白一样
一个低头探索
一个侧耳倾听

你说冲浪的时候它是什么
过山车
摇船的时候……
跷跷板
跳水……
滑滑梯

你这回答也太快了吧
它蹦迪一样弹来弹去我心慌
谁说的
那叫刺激

波浪就喜欢炫耀
嘿嘿，是后浪推前浪

风只在深水里把玩
不见得吧

没水的沙滩和岩壁上
都有它的痕迹
连蓝天上也一样

2022 年 5 月 19 日

古典舞韵

欲起先落
指尖旋舞
柔软如锦缎
点跳轻盈如飞燕

肢体都是语言
无形的阻力
让每一个动作饱满

古典的圆
流畅，柔润
碎步的挪移
小、碎、快
身段起伏行云流水

描眉画黛
盼穿双眼
踏石阶
折扇半遮面
走雨巷
徐步而来

2022 年 5 月 28 日

仰天俯地的瓦

瓦的历史比砖悠长
那一小片一小片的沟瓦
源于泥土
用脱模工艺制出瓦坯
阴干后
800 度窑火的锤炼
红得通透
冷却后是黛青色的

瓦排列有序
铺盖屋顶、屋脊
层叠紧贴
翘起的飞檐如鸟展翅
提升了空间

有序的瓦脊瓦沟
接住了铺天盖地的雨
使其没法驻足
瞬间向屋檐汇聚
成了瀑布

有序也让风却步

挤挤挨挨的瓦片
没有一丝缝隙
风怎么使劲也无法透入

有序还谢绝了炎夏的阳光
瓦上瓦下两个世界
瓦上蒸腾如火
瓦下总留一份如水清凉

瓦，简朴之中有方圆
负载千年时光
仰是天
俯是地
天地都在瓦的起伏之间

2022 年 7 月 12 日

思念是一种空白

洁白的芦花风吹起
脖颈上的发也被风舞白
把秘密透露给移动的云

盼望信鸽传递
但始终没有等到
那根失落的羽毛

我不会离开
和芦花唱着同一首歌
一起看星辰日月
云起云飞

等待可以书写
空白可以涂鸦
花落尽了有新芽

我的思念是芦花和渐深的寒意

2022 年 7 月 7 日

给花花喂虫子

鸟儿千辛万苦
啄到一条虫子
停在花枝上
迈开腿
欢喜地打开双翼
殷勤地给花花喂虫子

花花全都耷拉下头
哭丧着脸
没有任何喜悦

春光大好的日子
鸟儿已经有了自己的宝宝
为什么不去喂
是调戏花花
还是向花花炫耀

事实是
这条虫子是鸟儿
从花花身上
摘除的
你说呢

2023 年 2 月 18 日

色彩的倾斜

黄金切割线的美是僵硬
倾斜的美是流畅
上连着天
下接着地
蓝色的缎带和金黄舞动色魂
错落的涂鸦浓淡相宜

翠绿延伸浅蓝
果实开始响应
大地悬浮飞天的乐曲
把山脉用浓雾隐藏
丘陵的野心想把流畅阻隔
但倾斜却让色彩多一波延伸

生长，无法控制
随意
能让生灵奔放
心性丰满

2022年6月5日

在梦的湖水里逐浪

左右都是路
那不是供我行走
草木和庄稼猛长
或许也是瞬息

水是天抽干
河是路阻断
湖与沙漠更换了门牌

搁浅不是没有意义
我在梦的湖水里逐浪

2023 年 5 月 9 日

扯不断的暖

收获是在秋季
雪盖上了你
一朵朵采进背篓

你从不凋谢
即使离开枝头
不管怎么撕
就是断不了
也不会被色彩诱惑
因为你是圣洁的通透

弓弦狠厉地把你弹开
你还是丝丝相连
那不断的是岁月
可以拉出线
日月穿梭
那不断的是信念
扯掉遮羞叶的那天
亚当和夏娃不再担心伊甸园

小小的果球
包蕴一个思想

以自己细细长长的丝

去测岁月的炎凉

2023 年 6 月 21 日

一眼千万年

没有叶的绿是褪去了嘈杂
没有叶的枝是砍掉了荣辱
没有巢的燕子是不再想回去的路

枝已飘浮在云之上
绿也在退向蓝天
燕子拒绝再修剪春
它在思索枝头叶和花的去向

苍茫用来筑巢
南来北往的纬度不必恒定
今日枝头顾盼
一眼千万年

2022 年 6 月 23 日

花开无界

沙漠的仙人球开花了
只有沙漠在看
只有埋在沙粒里的骆驼和城池在看

沙漠里难得有雨露光临
夸父一直在追
落日圆时才喘口气
那光肆无忌惮
晒得夸父把手杖都掷出去了
终于有了一片桃林
留给后来的人解渴

不知谁如此烂漫
把我盛放到瓷器里
不要说泥土
连沙都看不到一点
身后绿色映衬
被盆景设计的波纹
推到了前景

其实球很坚韧
不会被轻易突破

我就是远古桃林
最早开花的一颗

花开无界

2022 年 5 月 26 日

第四辑

经纬集结

　　蚂蚁为一粒米，集结成一座山，喊着号子把米粒搬走。

　　蝗虫为啃食谷物，集结到遮云蔽日，所到之处颗粒无收。

　　浩瀚的海底世界，集结的鱼群可以排列成壮观的队形，在光线昏暗的水域，目标大到铺天盖地，让所有的食鱼者眼花缭乱。

　　最古老的游禽企鹅，一直生活在冰天雪地，为抵御严寒，集结在一起的温暖让春也无法忘记穿着冰甲的南极。

　　小不点的集结，撼山岳动天地，沧海掀狂澜。

小小的我

我不漂亮
更不娇艳
还要被人吼着唱
路边的野花不要采

花蕾羞愧地低着头
比我还不起眼的青苔
索性躺平低到尘埃
却极力怂恿
给我献上高度

绿叶在前面呼唤
排列有序
层次分明
给我输送养分
我羞羞地
尝试着把自己开放

小小的我
开始被阳光照耀
临风舞动
季节不再忽略

更小小的她们
舒坦快乐地一路铺开

2022 年 6 月 22 日

绿还可以这样

绿得单纯
没有依傍
没有边际

绿就应该这样
疯狂，静谧，温柔，张扬，细腻，粗犷

在月光下轻歌曼舞
在夕阳下思考
在风中飞灵
在整个蓝天绽放

你不仅高雅、宁静
还特有个性
让风现出原形
在不同的物境中活出舞动的绿
呐喊的绿

2022 年 6 月 6 日

精彩的一搏在最后

你潜到水里
钳住我的尾
你浮出水面
耍把戏
把我挺立在
像匕首的嘴

的确
很疼
疼出最美的仰天绝望
撑开两边的小翅膀胸鳍
翘起鱼须

你骄傲地向世人
展示成果
但我哧溜的灵魂
无形得让你思维游离

我要在这万人注视的镜头里
在你得意地昂头
选择角度
最后吞噬的过程中

时刻保持
清醒

你吞食的都是自大的鱼
无视我细小的躯体
你一成不变地抛起

我悬空
在滴答一秒的自由
弹动左边的鳍
飞旋扭曲

最后的精彩
定格
你高超的捕获技艺
我淡定的跳跃逃离

2023 年 4 月 9 日

草鞋搓进了天地经纬

金黄色的稻草
编织的草鞋
两千年的秦直道
寸草不长
草鞋往往返返
路一直是稻草的泛黄色

疆土扩展
路四处延伸
磨出了斑斑血迹
也摇曳出翠绿
沥青浇筑的路
草鞋搓出的绳子黑了
水泥路的铺开
又搓出白色的草绳

天地经纬也被搓进
用来维护跋涉的生命
百花被草鞋踏醒
万物把草鞋浸润
走过了一坡又一坡，一程又一程
草鞋在路边悬挂出风铃的叮当

锄禾人已经不穿草鞋
探险者用猎奇的眼光
捡到宝似的
穿上斑斓的草鞋
绚烂了一路

2023 年 5 月 20 日

与花纠缠

没料到娇艳的花
会给我这么大的压力
我想吃你的蕊
探进的嘴不能动了

花也会反抗
一朵花夹紧
一束花夹紧
而且举所有力压向我

我被迫往后仰
求你松一松
给我一个喘息

你的贪婪放过我们吗
连命根子都敢吞噬

花们在抗争
花不知道
鸟会带它们走得更远

2023 年 3 月 25 日

一树成林

无数气根的树
特立独行
就一棵
吸收天地精华
着了魔似的
生根，开枝，散叶
树干不断粗壮

无奈南方雨季的不节制
和闷热的追杀
幸亏上天的垂青
让这棵树有了灵感

依赖母体的供给
天赐的水分及营养
从干枝萌发的根
像柳丝一样
荡着秋千
一直下垂，下垂
最后扎进大地
细细的气根有了壮大的资本

树冠再一次开疆扩土
气根像垦荒者那样
不断开拔扎营
蔓延得让一棵树
强势成林
一树成林

2023 年 5 月 1 日

对他们来说这就是朝圣

大炮用三脚架架起
炮手们站了一排又一排
清一色的男人
装束基本一致
神情肃穆

耐得住的抱着双臂等待
心急的闭一只眼瞪一只眼
盯住镜头
生怕错过一瞬

他们起早摸黑
风吹日晒雨淋
回不回家无所谓
他们的大炮必须时刻瞄准

当树干上的圆形洞口
有一点动静
所有的人都会屏住呼吸
眼光贼亮贼亮

这次是男人们等了很久的

大斑啄木鸟幼崽的离巢
探头，露身，展翅，飞翔
成长的每一个细节
一个也不能落下

岁月已不再青春
对大炮的依恋已痴迷
这哪里是"打"鸟
这分明是在朝圣的天路上

2022 年 7 月 12 日

支 点

我坐实我的地盘
其实只有一个支点
身后空灵的枝
没有负担地延伸

踩住的地方
与色彩鲜艳的百褶裙相映
学会行繁文缛节的跪拜礼
羽翼是优美的弧线

长颈微微弯曲
嘴唇涂上当下最流行色
绝对是皇室的优雅

枝丫竞长
不需艳丽的点缀
蓝天的王
被细节簇拥

2022 年 7 月 11 日

齐刷刷地发呆

我们站着的地方应该是石板
那不再动的应该是湖
但怎么看那水就像陆地

我们一致地朝向
没有矫揉造作的站姿
谁也不发言
有点沉默中爆发的意思

发呆是怀疑吗
还是集体装萌
糟糕的是集体的行为是无法解释的
不是什么都可以怀疑
但就这么呆立也不是办法

最起码应该给我们解释
是你们让湖水变色了
还是漂浮的物板结了湖

集体的怀疑不是怀疑
个体的怀疑才有意义

2023 年 3 月 24 日

一路花开

是心情好吗
一路花开
是天晴了
一路花开
我们这儿整天下雨
心都是湿淋淋的

要有理由吗
看见有人在水田里插秧
我就一路花开
听见小贩吆喝
我会一路花开
现在闻到粽子香味
我又一路花开

你瞧老奶奶在跟我要花戴
小朋友追着我跳舞
恋人们在我耳边说悄悄话
我能不一路花开

哈哈，你笑了
眼底已经没有忧伤

我快乐无比

脚底像抹了油

更无理由地一路花开

2022 年 6 月 25 日

不同的存在

鱼离开水
鸟失去了林中的家
叶在天上飞

路陷草长
云跌落无影
灭不了的火凝成冰

石悬浮
草悬浮
浪悬浮

唯一茁壮鲜活的
是被压住的那根枝

2022 年 5 月 7 日

垃圾场的轮胎

垒起的轮胎
有可能是实心的
否则身后
为什么寸草不长

不知是谁跳越空隙
让垒起轮胎的泥土有了身孕
那阵风和那场雨
成了助产士
绿破土而出

步履蹒跚摇摇晃晃
只在须臾
穿越空隙的集体呐喊
禁锢着的腿脚突然麻利
奔跑
肆无忌惮地奔跑

大片的绿
开放了花
轮胎被包围
被花香熏醉

2023 年 4 月 15 日

简单一点更好

不知道是哪里错
我先认了
那延伸的绿或者还会护着我

我抓的是粉红色的树干
在调色板上涂出
黄色的尾和翼
棕色的发
紫色的羽
白色的胸绒

当我展示的时候发现
我刻意组合的色彩
没有你那袒露的
无华绽开真实

背景的朦胧是灵动
前景的超实是怡美
简单一点更好

2022 年 5 月 6 日

水有点意思

水托着摇篮
扶住拐杖
让它在水里扎根

水不好惹
风和它说话
它会掀起浪拍打
雨如果跟它大声叫喊
它会冲向堤坝
冰山同它摩擦
它会让你断裂崩塌

水的世界很丰满
鱼是水的符号
浮游植物在光中闪烁
动物凶猛在水里觅食

其实水还是很安静温柔的
只要临水
一切都会美妙
枯树长出枝丫
落花睡得很好
水是不离不弃的梦想

2022 年 4 月 23 日

弯　道

在赛场上
弯道是用来超越的

鸟儿们也有自己的弯道
用羽翼在蓝天
在草地
画出优美的弧线
可以超越自己
同伴或闯入的另类

飞翔的弧度
没有固定的赛道
但流畅美丽
如彩虹弯月
更似花瓣飘舞

小弯道被大弯道包裹
上行和下行
都是群体的参与
听到的是风的速度
闭眼能知道到了哪里
超越或不超越
弯道上的鸟儿洒脱自如

2022 年 5 月 17 日

第五辑
时间拼图

这个冬天和秋天一直在较量。一个有阳光的日子，太阳纯洁的光芒，播撒在这片土地上。生命的能量，铺遍宇宙。我的身影在时光中走动，在最美的一片诗境前站立。

果实已经饱满，正要爆发最辉煌的颗粒，雷和雪突然同天降临，冰和艳阳让万物悲喜交加，唯有云给世界添加了一个存在的诉说。

天地大舞台，在温暖与寒冷之间让色彩的组合完成时间的拼图，重新集成圣湖羊卓雍措的一滴水。

树不再发言

树一直都是向上的
枝丫自由生长
叶子传递各种信息
让根在大地中茁壮

季节不断删减叶子
最后彻底干净
一片不剩
每天和树交流的鸟
连同鸟的会议室
不知去向

鸟儿们喜欢在树上开会
那是因为树高
看得远
更重要的是叶子会倾听
还会发表意见
让风吹去四方

没有叶子的树很静默
天空也被遮蔽得灰蒙蒙
树还是向上

枝还是坚定伸展

只是不再发言

2023 年 3 月 15 日

鸟儿们开会

鸟儿们开会都是很严肃的
会保持一致
就连头的朝向
眼睛的聚焦
嘴的开合度也都有讲究

你突然动了
目光会一齐刺向你
但动作仍然是矜持的
这是一种蛊惑的姿态和风度

如果是有议题的场景
你还弄出声响
扑腾扇翅
不管是故意的
还是没有控制好的不小心踩空
都会受到一致的谴责

你的发言再完美
你想飞翔的形体再迷人
你终归会被一致的诧异
看得抬不起头

凌乱了羽毛

虽也会有不解的怜悯
但终归无语
因为正经跪坐的背影
定下的规矩不允许改变

2022 年 12 月 25 日

石头的行走

朝着某个方向
石头开始行走
那是亿万年的行走
所有的生灵都走成了石头

最早的是走出海洋
紧接着河床也裸露
奔着走成山
连绵成脉
直到整个星球都是石头

2023 年 1 月 20 日

温度的较量

没料到这一年的第一场雪
没料到这一年还没走的叶
崖下的花树被雪眷顾
围上围脖
风又让其破碎
几点红叶，提示曾经的绚烂

黛绿的远山影影绰绰
一切干脆让白色覆盖
雪是过客
倔强的那抹红
和纤纤枝上包裹的芽
是更真实的存在
温度在较量

2022 年 12 月 1 日

我怎么不能在你身上栖息

我是候鸟绿鹭
踩着宽大的绿荷散步
可以漂移
也可以滑翔

两枝新生的荷茎
一前一后穿出水面
顶上的荷叶还未打开
卷着，就像两幅卷着的
油画

绿鹭上上下下地看
来来回回地思索
为什么不能在荷茎上栖息

但它知道卷着的画一定很美
它也知道作画的人在哪里
与湖水相约
会有更多的画伸出水面
伸向天空

2022 年 6 月 23 日

冰来过　花知道

昨晚零下四度
是江南的十二月
冬至未到
太阳的轨迹没有改变
赤道的炎热一如既往
花也一如既往地开

地暖、空调全力以赴地工作
没人知道夜半的温度
开在橘树前的那束花
冷得浑身颤抖
所有呼出的气全部冰结

紧实的橘还没来得及收藏
所幸橘树没落叶
叶的亲密相拥
橘是温暖的

花绽放时的裸露
身姿卓绝
就连最后被冰雕刻
也是美得透明的冰凌花

第二天的太阳升起
温暖四处神游
大声宣告
这季节还是我的季节

冰来过
人不知道
橘不知道
睡去的花知道

2022 年 12 月 18 日

沙滩上的天鹅

浅滩上
水花和泥沙同时溅起
天鹅像孩子放学
撒脚欢跳

没了矜持和高贵
不顾形象地凌乱双翼
是想飞翔
还是奔跑
或者是又飞又跑

但总有什么在吸引
是向往蓝天
还是逃离大海
一切都不重要

只有忘情
和不顾一切地随性
自由的快乐
会让所有的羽毛
开放得无拘无束

2023 年 6 月 27 日

花开雪地

秋还没有来得及叹息
趋炎附势的叶
铺得一地金黄
风冷哼一声
这没根的东西就像丢了魂
四处飘荡

嘿
你倒奇了怪了
还跟个少女似的
倩倩丽丽地站着
摇摆着细细的腰
也没见你倒
也没见你傲

那雪花可是拿了一把小刀
看，把地都刮白了

我就喜欢你这样
把白当成底衬
根深扎在泥里
仍有岁月的温度

在凋谢的季节还粉粉嫩嫩
展演雪地花开

2022 年 12 月 2 日

大白鹅羽翅的扇动

长在水里的树干
不喜欢有声音
于是水凝固了
绿色的浮萍也不透一点缝隙
板结得像泥土

站立的树干保持一定的距离
连粗细都一样
风的嘶吼在这里没有作用
雨的瓢泼也没有反响

一群大白鹅傻傻地闯进
晃晃悠悠的
像天鹅一样昂起脖颈
嘎嘎地吼上几嗓子
如绒的浮萍不再甘心被树遮挡
顾自漾起涟漪

大白鹅羽翅的扇动
让凝固的水恣意流淌
把天空洗得瓦蓝
树梢纵声歌唱

2022 年 11 月 23 日

成熟是秋的最后一站

秋日不语
硕大的苹果
被落日啃了一口

裸体的柿子被晒得通红
留在美人的背景里

甘蔗前赴后继地躺下
心甘情愿地被榨出甜蜜

苞米露着金黄的肚皮
被农人敲打
依然露齿微笑

云在飘移
天上的雁阵飘移
农人的屋顶窗前
秋在飘移

成熟
是秋的最后一站

2022 年 11 月 12 日

离蓝天最近的舞蹈

这个季节离蓝天最近
万物都在饱满
可以靓丽，可以妖娆
可以摇曳，可以呼唤
骄傲是因为你有资格
袒露得没有顾忌

成熟的降落没有商量的余地
收获变成一首艰难的歌
日子有了几分焦虑
远山被云朵无休止地吞噬
一场与蓝天最近的舞蹈开启
万物狂欢
舞者是所有的自己

2022 年 11 月 8 日

昨天的心情很平静

昨天总觉得别扭
所有生灵对昨天都不屑一顾
长期的磨难
昨天就越发暗淡

昨天又是巧舌如簧者
最喜欢的谈资
因为明了的结果
会让那些特有心机的人
根据自己的所需
任意裁剪编辑

昨天喜欢看戏
看到嘴的吞吐咀嚼混搅
惊得眼袋都要挂到下巴

昨天终于明白
聒噪是人对未知的恐惧
于是关上门让时间收藏

2023 年 6 月 7 日

亘古不变

芦苇花的季节
雁的家族开始迁徙
扇动的翅膀
击打着寒意
脖颈尽量往前伸

风吹着芦笛
雁鸣如歌被送得远远
呼唤走失的同伴
整个大地都在仰望

一字形和人字形
亘古不变的规律
不轻易打破
这样的队伍既神圣又智慧

逆风而行
这条天路是确定的
温暖的家园也是确定的
起伏间
已掠过几重峰峦

2022 年 4 月 16 日

岁月是片段

这时的灵魂在飞翔
我的心有可能
降落在你的那方天空
于是就会感觉人很轻灵
似乎还有音乐

童年的创伤谁也抹不去
那么天真的年纪
把什么都看得无比美好的时光
被人践踏，一辈子的伤
遇到你
我选择了走自己的路
给创伤的心
开了一扇向天的窗

大写的人字泼洒在丛林上
在你的方向
群鸟飞起
踏过的阻碍不再是阻碍
世界接纳追求的心灵
淡云托起翅膀

岁月是片段

一些应该丢弃

一些可以珍藏

2022 年 4 月 7 日

打水的桶

两个桶被扔进河里
冒着气泡下沉
两只手一边一个抓住
扁担钩起
水颠颠地就坐进了水缸
只是河滩越来越宽
水越来越浅
连脚背都不能打湿

桶转战到水井
被系上绳子
有牵绊地倒扣，抛桶
打起半桶水时
绳子不停地晃动
水溢满
悠悠上行
一桶清亮坐在井沿

洗衣，淘米，冲碗
桶无休止地砸下
吊起
不知过了多少年

井水干涸
盖上了石板

热闹转身离开
打水的桶蹲在井边犯愁
天上的火球没有半点怜悯
桶渴，渴得嗓子冒烟
渴得抽干了全身的水
渴得四处打滚
碎了一地

2023 年 4 月 22 日

第六辑

界限无痕

　　音乐的瞬间是气息的吐纳，恒久是万物的交响；绘画的瞬间是笔墨的泼洒，持续是万物的辉映；摄影的瞬间是镜像的抽离，不变是万物的静默。

　　天空的脚步从不停息，雾气让一切激情失去痕迹，唯有思维在攀登，与天地共享神奇，与万物共待曙光。

　　流淌的河，走动的沙，飞来的峰……瞬间与永恒，静默与交响，界限无痕。上游与下游，天空与大地，昨天与明日，界限无痕。时时处处，所有的空间和时间，所有的物象与思维，既无界又无痕。

　　界限无痕！

博 弈

天空有点诡异
色彩却很旖旎
看不到太阳在哪里
一定是对垒得太久
被云放飞了

山一边向上走
一边向下行
但在最终的交汇
没有输赢

树参差错落
似乎排序井然
有不情愿的
索性就起身离开
独立水中央

碧绿的波纹布满植被
竹筏静止地漂移
博弈的人目不转睛
相视
静静地等待
对方放下的棋子

2022 年 8 月 10 日

天地孵化的蛋

南边的海域
瓦蓝瓦蓝的海水
细腻的白沙

每年五月
夜晚
月灯点得特别亮
星星拼命睁大眼睛

一群神秘的游泳高手
20 岁左右
全是短尾巴
脚像船桨
每小时滑行 30 海里
她们是真正的勇士
从不缩头

上岸后她们急急地寻觅
在这片沙滩
只待一个晚上

船桨一样的脚开始刨坑

然后趴下
仍是不缩头
短尾巴下晶莹剔透
近 200 个珍珠一样的蛋
让月亮都吃惊得失去光芒

还是船桨一样的脚
用沙把蛋盖上
眼睛滴溜溜地四处看了看
仰头看天
低头轻吻沙滩
难舍地饱含泪水
但她们照样没有缩头
义无反顾地游向大海

嗅觉灵敏的飞鸟
会啄破熟睡的蛋
幸存者
60 天后
破壳而出直奔大海
最终长大的只有千分之一

20 年后
短尾巴的后代
会和自己的母亲一样
来到这片沙滩

产蛋一晚上
然后不缩头地离开
因为
使命在大海

海龟
真正的天生地养

2023 年 3 月 18 日

鸟蛋想在树上开花

一只鸟蛋用意念飞到树上
粉白形蛋脸朝天开了一个窗
蛋黄想挣脱蛋清
酝酿花蕾

蛋是需要孵化的
要去树上开花
不知是花俏丽迷了眼
还是风乱了思绪

蛋不屑
他只想尝试
树大胆接纳了蛋的奇思妙想
跳脱了尘封万年的不变

蛋用坚强的灵力
刻出花瓣
树的温润让蛋的变异有了可能

信念会让生命不按规则出牌
一次次雷打不动
却被闪电击出火花

蛋的灵魂
明媚地在树上开了

2023 年 5 月 11 日

落日等着石门开

海浪滔天
兀立一道比山高的石门
星星隐藏在暗蓝的云后
蛋形的落日
折射波涛裹挟森林

很多时候
落日就这么坐在石门前
把天空渲染得只剩下一色
他想
石门终归是要开的

但石门始终不开
暗影里似乎更加威严
落日缠绕了几圈黑丝带
只露出迷人的眼

石门相信自己的坚硬
能屹立在天地之间
见浪翻天
见云舒云卷
你就在石门外等着吧

落日展示一个鬼魅的微笑
没给石门任何感觉
穿越了石门

2022 年 10 月 21 日

粉黛乱子草

没什么需求
只要种子播撒后扬一层薄薄的土
干旱，潮湿，炎热，贫瘠
盐碱，沙土，湿地
都可以毫无顾忌地生长

花开季节的野性燃烧
粉紫色花穗如发丝从底部伸出
远看如红色云雾
无边无际地铺开
跟梦境衔接

黛色的籽粒星星点点
层叠的枝条自由伸展
无形之手涂抹出的粉色
很虚幻的迷蒙
却凸显了粉黛乱子草的冷傲

它不顾忌别人的眼光
无边可以框限
无际也可以被踩踏出一条路
倾斜着仍站立出自己的姿态

对嫉妒的风挺着细腰宣告

我的色彩我来调
就是蓝天
也会被我染成粉黛

2022 年 11 月 2 日

有一种生息叫传导

在夜深人静的时候
不妨走到天底下
一个空旷的地方
周围是小树林
渐远渐高

只要静静地呼吸
想那生灵万物
美妙得耳朵都要怀疑
眼睛微闭
心眼打开
接纳天地的扫描
瞬间跨越了几个星系

传导在无声中进行
心境不同
会改变电波的密码
就像垂柳临水而妆
被波纹传递
荡漾得很远
很远

2022 年 4 月 22 日

较 量

荷花抱着襁褓中的小黄儿
少女临水而妆的矜持已然不在
她已经残破
只剩下一半躯体护犊

鱼再次跃出水
用嘴咬住花瓣往下掇
荷花坚挺在自己的位置
惊人的母爱保卫战
让鱼有点失去耐心

她把整个荷花连同小黄儿
一起拖下水
较量得水花四溅
荷花被淹得喘不过气
生存的欲望
让她重新挺立出水面

鱼不放弃
咬着花瓣做拉锯战
为了保全小黄儿
荷花再次舍去自身

花瓣被生生撕离躯体
战栗的疼痛让她几近昏迷
她保全了小黄儿
收拾残破的躯体

抖擞最后的美丽
倔强，永不言败
就像《老人与海》中那条大马林鱼
最后只剩下骨架
让小黄儿颗粒饱满地替她挺立

2022年6月21日

无叶的枝被绿叶吹拂

从前我也跟你们一样
玉树临风
看日出日落
仰月朗星稀
一个劲儿地向上

不知什么时候
周围有了小小的弱弱的你们
我枝繁叶茂
为你们遮风挡雨
干旱来临的季节
我用所有的根系聚集水源
你们拼命吸吮
大胆往上长

后来我的叶开始稀疏
定格成了背景
我竭尽全力
用枝丫舞动清新

欢乐飞出所有的激情
让新生的丛林

旋转出各种造型
一棵棵相扶相拥
走向天边

2022 年 7 月 26 日

在湖边

翘着白白的大屁股
红唇在翅膀下藏了一半
眯着的眼
被黑眼线拉得很长
拨清波的红掌躲在腹部

湖波被微风吹皱
阳光暖暖
草儿在肚子下
悄悄生长

在想大摇大摆的走姿
在忆雄伟的扇翅
有人打搅时
嘎
一声吼
孩子们就嘻嘻笑着逃

天
瓦蓝瓦蓝
不觉晓的日子
静好

2023 年 2 月 15 日

红叶与鸟的对话

我的季节是静美
你的季节是迁徙

我在看你丰润有力的羽毛
你满眼都是我不落的执念

我万年的茎有史前的脉络
你强健的双翼里有回归的召唤

我留下的是寒风里曾经的鲜艳
你带走的是山水间抹不去的歌唱

我转身将重造一片新绿
你返回将带来万里搏击的风云

2022 年 4 月 6 日

无人区的喧哗

寂寞其实是喧哗留下的
风雕刻了沙粒
密密麻麻的轨道
让无形的人随意穿行

古堡藏在沙海的角落
长城隆起绵延
只要有一点动静
环形的山就会无限膨胀

远古的海洋沉没在深处
崩裂的巨石是岁月的遗骸
无人区演绎新的生命
沙尘不会循规蹈矩
沙山走出无规则的条纹
而规则
永远只是个谜

2022 年 9 月 8 日

一个人的海

醉的是那团红
起伏的是手上的桨
波浪碎了一地
船依然摇晃抛向高空

一个人出海
晨曦睡眼惺忪
勇气来源于无垠的海天相连

平静不是垂钓者的向往
唯愿与风暴在大海里游戏
面朝日出的方向
背影的孤独就被雕刻得很美
桨举起似斗士
挑战海浪

背影离陆地越来越远
期待的风暴
始终不见

2022 年 11 月 9 日

绿极的崩塌

北极的守望者是企鹅
冰山崩塌，漂浮
然后融化
海平面升高
当再一次暴风雪来临
守望者成了冰雕

我是绿极的守望者
无望春意
倒写的人字
把我作为春天的注释

绿极的崩塌是高楼林立
悬浮的晃动
眼睛一眨也不眨
看大海与陆地的演绎

同伴不知去向
我紧紧抓住被蛛网拉起的枝丫
脖子被延伸
前倾的形体
让我以守望的姿态
定格

2022 年 10 月 11 日

画笔被猫啮齿

猫恨画笔
就像丑女恨美女

他原本把猫抱在怀里
还把脸埋在猫身上摩挲
猫用舌头舔他的脸时
看到他迷离的眼神
猫毫不犹豫地肯定
他是属于我的

凭什么他一到画桌边
就把我丢开
转身弃我而去

画笔那细长的绝世美腿
他爱不释手地把玩
画笔的那张白嫩的瓜子脸
他用各种色彩着妆
光黑色就有 36 种
这岂是猫能忍的

那没完没了的上色

稍有不满就会用清水洗得白白
换色，不满，再洗
如果画笔的发有一点凌乱
他就会小小心心地用指尖梳理
画笔纤细又优雅地立在笔筒
虽简单，但十分妩媚

是的，猫已经变得滚圆
没有腰身，短腿
皮毛也千年不变
他有理由厌倦
但猫也绝不允许这小妖笔
恣意在宣纸上挥洒
猫要让画笔残破
残破得不再有猫的柔软圆润
不再魅惑他的眼睛

2022 年 11 月 23 日

化石的语言

金黄的流沙下
无数的树干层叠
这些已成化石的树干
依然在发出声音
生机不息

当引颈倾听
语言也荒凉成化石
让岁月去理解

流沙是这些化石的
真正守护者
金黄的铺垫让树枝金黄
化石打了个哈欠
久长的静默后
开一束茂密的叶

化石的语言很丰富
荒凉不解

2022 年 8 月 8 日

鹰的弧线

太阳的圆让鹰翅拍成面团
云被 4S 店贴膜
不满意
就撕了再贴
但光洁度无法还原

鹰飞过的弧线
被混沌的苍穹衬托
依然清晰

芦花间有风吹过
凌乱了一身
匍匐得很淑女
朦朦胧胧
故事的叙述让鹰静止

2022 年 11 月 28 日

往下的力量

你展翅时
是绝世的华丽流畅
飞翔出骇俗的美
当你鲜艳的喙靠向我

不知是风
还是成熟
或是不小心地抖了一下
我离开了枝头

被气流挟裹
脱离了映衬的黑幕
重新看见了
纯洁的蓝天
大片的绿和黄
一刹那的决定
是一世的醒悟

你放开枝
收紧所有的羽
夹起翅
垂直尾
超过重力加速度

你的不放弃
是为了想得到的欲望
我往下的力
是离开枝头的自由

2022 年 4 月 27 日

里外看缝隙

这个世界最喜欢留下痕迹的
就是缝隙
土地干渴的时候开裂了
雨降临就先从这里潜入
泥土就得到了滋润
种子就探出头来

岩石也一样
也不知泥是怎么钻进去的
根在哪里埋藏
反正生命力顽强
能在岩石上生长
其实给力的是不起眼的缝隙

筑的墙也有这嗜好
还觉得挺艺术
视觉开始任意切割
从外面看缝隙里的物
恍恍惚惚
从缝隙里看外面世界
零零碎碎

2022 年 8 月 3 日

麦子在收割时发芽

麦子在灌浆的时候
全是希望
铆足了劲
根须恨不得把泥土都变成浆

颗粒渐渐饱满
麦芒齐射
太阳金黄
麦浪金黄

这是季节的第一次收获
麦穗笑得满身是牙
锄禾人没有磨镰
神农不再是他们的膜拜对象
被城市拐走的壮汉
跟着风飘摇

恐惧的烂场雨
没有预兆地在田野撒欢
麦子低着头
泪水一直淌
被人抛弃只是茫然

天的惩罚
心开始战栗

季节已经紊乱
麦子的灵魂被雨
诱进冬种
在收割的季节发芽

2023 年 6 月 12 日

第七辑

妈咪的脊背

小时候，家是天堂；长大后，家是避风港。家是我们心灵永远的慰藉。家是我们一生的牵挂。

月亮挂在树梢上，给夜归的人留一盏灯。太阳叫醒你时，你总会想在被窝里再躺一躺。

家是雨天的伞，让我们一路晴天。

家的琐事，家的烦恼，家的操劳，家的庇护，家的呼唤，长成了一棵壮硕大树，那就是温馨。

元宵是有黏性的

咬一口很甜
还可以拉很长很长的丝
这个圆圆的团子有黏性
因为稻田是相连的
心也跟着相连

天涯海角很远
但只要在这天吃了团子
三体星球就会火急火燎
收到的信息
编码全是圆
信号换成了人类大脑的电波
我们不再匆忙应付

街空了
大家都围成甜甜的圆
这天以后
不管你去到哪
都会有陪伴
都会有牵挂

2023 年 2 月 15 日

同一个窝

小时候在一个窝里
争着妈妈喂的虫子

脖子伸得长的
会先轮到
脖子就一直都长
没来得及伸长的
也许有点傻，慢了半拍
也许压根就是让给兄弟姐妹

等都会飞
都会觅食
就不再回这个窝
就出去闯荡

妈妈还在小窝和天空间往返
我们离开了
因为自己也变成了妈妈

这时会想
小时候多好
窝小

温暖

还有妈妈的大羽翼护着

2022 年 5 月 3 日

爸比，花开了

你去年看到的也是这朵花吗
你说你跟妈咪就是在花下相遇的
你们也是在花下恋爱的
然后有了我

我对这花很有诚意
它向我怒放
它是不是也爱上我了

你说不可能
你有情感
花不一样

可我怎么觉得去看它时
它在舞动
要拥抱我

2022 年 4 月 19 日

夜　读

夜很静
风没有摇动树叶
母亲安静地垂头
女孩静谧地抬眼

拉门让你看清屋内的摆设
清透的院子
清透的人
不需要凿壁借光
执着心的交换

阅读是眼界
母亲的声音很柔润
孩子很满足
院子溢满温馨

夜色透亮
月光，星光，灯光
都在照耀
母亲的陪伴让夜恬静
时间也仿佛凝止

家的祥和

阅读的宁静

小院如水一般清澈

2022 年 6 月 5 日

在妈咪的脊背上

妈咪一往直前
我们一左一右
妈咪的脊背很温暖舒坦

明亮的黑眼睛
东张西望
小嘴不停地咿咿呀呀
妈咪一言不发

脊背很广阔
我们可以嬉戏玩耍
读万张叶
知晓天下事
游万里河
阅世间繁花

2022 年 5 月 11 日

他怎么过去了

妈咪带着一群宝宝春游
一道网
隔出了两个天地

乖宝宝透过网眼
看另一个世界
自得其乐
好奇的攀上顶端
有高度地
看另一个世界

他怎么过去了
还一往无前

妈咪不发言
她喜欢宝宝们的
自由选择

2022 年 4 月 22 日

妈咪我要

伸开双翅的小鸟
炸开所有的羽毛大叫
妈咪我要

衔着果实的妈咪有点发蒙
呆立着想
为什么要给你

妈咪我小
妈咪我饿

如果我找不到果实
如果我飞不回来
没有如果
你是妈咪
哺育我是你的责任

你已经不小了
可以去觅食了
别老想着我寻来的果实
我哺育你
是因为那时你还没有羽毛

现在你翅膀硬了
要自己去闯天下

小鸟的嘴一个劲地张着
妈咪一动不动地看着它
把果实抛向空中
小鸟为了那颗果实
终于飞翔

2022 年 5 月 20 日

石头做的菜

石头做的菜
名叫嗦丢儿
是清一色的小鹅卵石加调料制成
它能在舌间跳舞
跟人说话

这道世界上最硬的菜
牙是不能碰的
会崩掉
它只和味觉发生关系
慢慢地舔
慢慢地吮

品到最后，美味全无
就觉得石头不值一文

你不知道
石头的精华还在
它有远古的记忆
更有亿万年的磨砺
才这么坚，这么韧
而且布满你不懂的文字和密码

石头嗦丢儿

地球流浪者的聚集

2023 年 4 月 11 日

牵着父亲的手

手是人类美好的语言
紧紧相握
轻轻相牵
牢牢相扶

小时候
看父亲的手很有力
只要我
扑向那双手
大手就会把我举得很高

现在我的手很有力
父亲的手显得瘦弱
我用力牵着父亲的手
暖暖的
血液在两人间循环流动

相扶走在旅途中
那手就是美丽风景
平坦与坎坷
该紧握时总紧握
手与手之间会说话

一步一步
熨平皱纹

2023 年 3 月 20 日

妈咪出去了

妈咪出去了
门被锁上
只开一扇窗
我们能出去吗
爬窗

哥哥，哥哥
他们在画画
好好看
哥哥，哥哥
还有人在跳舞
把脚翘到天上

我们的窗怎么这么高
知了说知道
我再问
大树为什么是我们家
知了还是说知道
我好郁闷

妹妹，妹妹
妈咪让我们在家

开着高高的窗
是告诉我们
这世界很大
我们可以把一切尽览眼底

我们虽然还不会飞
但我们可以歌唱
大声歌唱

2022 年 5 月 3 日

妈咪回来了

戴着皇冠
披着华丽霞帔的妈咪
回来了

我的嘴张到极限
妈咪优雅地把虫衔在嘴上
喙是透明的
眼里溢满光彩

我有点害羞自己的嘴张得过分
大得像喇叭
没有淑女的矜持

妈咪说矜持
是要日久积累的
你现在没有我这身服饰
自由自在
可以放肆，嬉闹
天真无邪

你是真正的可爱
华丽只是外表
终将褪去

2022 年 5 月 4 日

妈咪，我长大了

妈咪，我长大了
比你还高
你一直保护我
帮我遮风挡雨
把我养得粉粉嫩嫩

所有人都向我行注目礼
镜头也全对着我
还有聚光灯

不经意地回头
看见了你脸上的斑块
还有刀刻似的皱纹
鬓角变色的发

依偎着贴向你的脸
就像小时候一样
娇娇地喊，妈咪
你没有抱住不放
而是轻轻地把我推向前台

2022 年 6 月 16 日

生气了吗

男孩一般不生气
生气就闭嘴膨胀
不用语言
只用体态形状

甩起的发比剑锋利
耳朵会被隐藏
嘴和眼都被涂成黑色
更是威严

但她的陪伴
一声轻轻的
你生气了吗
他就觉得自己还是被在意的
空气开始温暖

一路走去总有磕绊
日子依旧斑斓

2022 年 4 月 12 日

各就各位，预备

蓄势待发
一样的姿势
起跑的半蹲
一样的神情
目光炯炯

我俩已经领先一步
暗喜
瞧后边的
还在喝水

我们怎么不是同一条起跑线
就因为我喝了点水
我的目光好像没有他们坚定
体型也胖了点

这世上没有公平
我们会一起到终点
还是他们先到
抑或我先到
全是不确定

2022 年 4 月 19 日

我要不要把自己嫁出去

每个恨嫁的女孩
都有一段刻骨铭心的爱
男孩可以潇洒地离开
女孩记着的都是细节

那次他们吵架
男孩买糖讨好女孩
女孩生气没吃
男孩伤心地走到树下
把糖往泥土里埋

那天夜晚
男孩拉女孩去公园
听到有人唱歌
"在那遥远的地方
有位好姑娘"

男孩单膝跪地
女孩满脸通红
羞怯得不知道把手放哪儿

后来他们都走了一条

不是自己选择的路
男孩创业失败
颓废中找了另一个女孩
女孩越来越强
再没有男孩敢向她表白

她顾影自怜
低头思考
我要不要把自己嫁出去
我一定要嫁出去吗

2022 年 6 月 22 日

我们要这么一本正经吗

你说向东
我说向西
我们天生怒发冲冠

你有中世纪法式宫廷的发型
我是现代派的简约
我们相互吸引
高贵又冷艳

恋爱时你是我的全部
结婚了又觉有很多不全
宝宝已经长大
他们也成家了

在天水茫茫中
我们要这么一本正经吗

2022 年 4 月 15 日

缺席的温馨

妈妈走了
小女孩很想
她每天寻找像妈妈的人

妈妈一定很漂亮
妈妈每天都会拥抱她
还有一个轻轻的吻

她来到一家小饭铺
漂亮阿姨问她要买什么
茶叶蛋
小女孩摇头
玉米棒
小女孩摇头
黑亮的眸溢满泪
仰头
你，像妈妈

我想跟妈妈拍张照片
漂亮阿姨拿下帽子
黑发流淌一肩
脱下工装

全是妈妈的温暖

漂亮阿姨拿出手机
搂着小女孩
跟妈妈的合照定格
小女孩的脸上
落下一个轻轻的吻
星眸璀璨

2023 年 4 月 22 日

枝叶茂密

我喜欢冬天时
干干净净的枝丫
没有一片叶
因为不远处的高楼
住着我的兄弟
我能看见窗口的灯光
就有一种温暖
一种绵长

不知什么时候起
亲情已经很少走动
虽然相互只有看见
窗口光的距离
但走起来却是很遥远

春的时候，叶一点一点生长
我在窗前眺望
已经有所遮挡
光若隐若现
思念还能飘飘忽忽
到了夏
枝叶茂密

只剩下迷茫

秋风吹起的时候
叶有了召唤
枝丫向天进了一寸
明明朗朗
窗前眺望的光
开始显现
依稀看见兄弟的影子

什么时候起
亲情不再用脚步丈量
只希望枝丫干净
能看到那束光

2022 年 4 月 2 日

被光点燃的陪伴

小女孩每天都在等母亲
终于被母亲穿越地球
握住了手
女孩怕母亲又被忙拉走
连呼吸都小心翼翼

微信、电话一个劲地催促
电脑被噼里啪啦地敲击
母亲只好用视线扫描陪伴

女孩一个转身不见了母亲
眉心纠结得快拧出水
母亲被狠狠地谴责
不负责任的陪伴是大大的欺骗

一条被光照耀的路
所有的灯都温馨地笑着
小女孩的双眸被点燃
单薄的背影甩着黑发跳荡
行走得跟天使一样好看

她依稀记起自己跟母亲

是在光的通透中走失
于是她把光
备份到母亲的笔记本电脑

街很宁静
女孩独自向着光行走
母亲焦虑的眼神被光洗亮

女孩对光的执着
让母亲透悟了陪伴的意义

2023 年 5 月 1 日

过日子

过日子的人很平淡
早上起来到路边小摊
坐着等油条
看白色面团被拉长
摘掉两头放进油锅
吱吱炸响
在翻来覆去中越来越大
捞起的金黄
让人垂涎欲滴
嘎嘣咬一口
脆响

坐着小憩也是过日子
惬意的一杯茶
或是看现磨咖啡
冒袅袅的热气
晒着太阳打哈欠
慵懒地伸开爪

不经意，不介意
眯缝着眼品嚼过往
咂巴着岁月的味

向往的幸福
一瞬的精彩
就是过日子

2023 年 4 月 16 日

第八辑
日子的朗读

　　有一个男孩，双抢季节，凌晨三点，天还很黑，被大人叫醒出工。男孩睡眼蒙眬，摇晃地踩着田埂路，淹没在大片的金黄中，麻木地割着成熟的稻谷。偶尔抬头，看到天边有一条鱼肚白，男孩肃穆站立，见证了黑夜的溃退。光开始浸染，有了旖旎的云，有了光芒万丈的太阳。但男孩什么也没有记住，就记住了一片漆黑中毫不起眼的鱼肚白。从此，他再没对黑暗无奈。

　　日子承认，每个人都有磨难，也有最辉煌的时候，墙角的草也会开花结籽。

　　不管你高入云端，还是低到尘埃，生活就是这样实实在在。

风雨的雕像

棕榈穿织的蓑衣
下雨的日子
一直都很忙
上山砍柴
种田插秧
推着独轮车赶集
天晴时
就靠在堂屋的墙上

祖祖辈辈都是这么过来的
不知道过了多少年
村里的年轻人一批批迁徙
农田大片荒芜
靠在墙上休眠的蓑衣
被人用竹竿挑到河边
与同样年纪的竹桥为伍

蓑衣成了道具
讲述遮挡风雨的故事
讲述着岁月消磨不掉的坚韧
陈旧的堂屋
熏黄的墙上

依稀可见蓑衣的轮廓

淡淡的，永不磨灭

2022 年 5 月 9 日

疯子的尊严

疯子很喜欢站在堂屋
看人从自家门前走过
还会追着傻傻地笑
大多数人像空气一样穿行
不会正眼瞧
疯子就舞着手哦哦地叫
空气立马凝固
呵斥——疯子
疯子的脸刹那冰冻

民兵连长们在村里集训时
隔壁的贫下中农家
都被派了任务成了房东
疯子的家也是贫下中农
但因有疯子就没能派到人

民兵连长清一色的男性
仅有的两个姑娘住在疯子家隔壁
一个给大家烧饭菜
一个负责出简报搞宣传

烧饭的美人觉得自己很有权力

看到疯子就很不爽
只要照面
就扯着嗓门骂
疯子，滚
疯子抓狂地提着木棍盲目挥舞
烧饭美人骂得更欢
那高人一等的身份得以充分展现

负责出简报搞宣传的是个知青
每次路过疯子的家
静静地侧头一笑
疯子很安静
面无表情

烧饭美人到井边打水洗菜
疯子觉得好玩就卖力地跺脚呼喊
美人气得把菜往疯子身上扔
疯子就把一桶水泼向美人
秋风扫落叶一样把菜丢到了井里
那可是初春
浇到身上的水冷得彻心彻肺
美人顾不得颜面落荒而逃

编简报搞宣传的知青
打靶时受了风寒
靶没打成躺在被窝里发着高烧

她迷迷糊糊地看到眼前站着疯子
艰难地挤出笑容
疯子从怀里掏出一个煮熟的鸡蛋
放到姑娘的手里
口齿不清地说吃吃

然后就是傻傻地笑
静静地转身
在门框上留一个背影

2022 年 8 月 18 日

生产队的手扶拖拉机

有生产队的日子
整天"割尾巴"
但集体的割不了

生产队的手扶拖拉机
农闲跑运输
钱可以用来分红

农忙的时候下田犁地
还插秧
可惜地处丘陵
犁地没有牛犁得好
插秧没有人插得好

这不妨碍大家喜欢手扶拖拉机
一个小小的拖斗
承载着全队人的幸福
它不仅会干农活
搞福利
更主要的是它可以拉
一拖斗的人去城里
卖剩余的农副产品

只要不下地干活
农家人就提着
大篮小篮的瓜果鸡蛋
往拖斗里爬

这时的他们格外地亲密
你拽着我
我扶着你
满满一拖斗
就怒放成大大的绣球花

手扶拖拉机手
哼着小调
带着一拖斗花花
突突地拖着尾烟
一路欢跑

2022 年 5 月 27 日

河埠头

那时的河床很宽
水深的地方也很清透
即使上游的人在刷马桶
下游也有人在淘米洗菜

漫大水的时候
滚滚的黄泥水淹没了埠头
卷走了所有的肮脏
等到河水重归平静
埠头慢慢裸露
水仍旧清澈

河岸有很多埠头
妇人们都有固定的位子打衣裳
人多的时候得排队
年轻女孩爱干净
她们会起大早
蹚水到河中央
那里也有埠头
是大块鹅卵石叠起的

女孩们的裤腿卷得很高

先打肥皂在独立的埠头洗刷
再用清水涤荡
然后搭在小腿上让流水冲洗
最后再一件件把水绞干
放到竹篮里

埠头上说得最多的
是东家长西家短
早晚都有新鲜事播报
女孩们涉水到河中央
讲的是私底下的话
她们会偷偷地抿嘴笑

埠头是女人们的最爱
也是信息最多的地方
满篮洗刷说笑的事
比现在的微信还微信

2022 年 5 月 26 日

赶场看电影

没有电影院
就在晒谷场
两根木桩或电线杆
挂一块电影布
中间的距离支一台放映机

什么时候
在哪村放电影
有小喇叭打探
接着就是边干活边酝酿
去吗
大部分都是年轻人在咬耳朵

也有孩子爹妈
去，家事放不下
不去，又不甘心
如在自己村里放映
还有老头老太孩子们
这时都是早早拿着条凳
占领阵地

最诱人的是赶场看电影

大都是年轻男女
那时都是媒婆提亲
男女私下谈恋爱是作风不正派
只有一些读过书的
才会暗地里邀约着去
当然是一伙伙的
单对的太扎眼

农忙里偷闲的日子
看完隔壁村的《红雨》
还会赶六七里地
到另一个村看《春苗》
在董宅看《地道战》
又转战养猪场看《青松岭》
然后学着影片插曲
在夜半三更的田野上
放开嗓子吼
"长鞭哎那个一呀甩吔
叭叭地响哎"

年轻人看电影不要坐
特别是男的
喜欢挤来挤去
挤人的地方就跟波浪一样
浪来浪去
女人们就

故意咋呼
不要挤不要挤
却又嗤嗤地笑得像朵花

跑老远的路看电影
赶场看电影
是喜欢看电影
还是喜欢在夜色里
挤出浪来浪去的起伏

2022 年 5 月 30 日

晒谷场

谷子是鲁班从天庭偷来的
玉皇大帝惩罚人类
吃了谷子会生病
观世音在赤水河畔
点化了一个石坝晒谷子
就有了神圣的晒谷场

晒谷场是锄禾人的希望
三面围着土墙
铺平的地面抹上一层昂贵的水泥
当稻谷沉甸甸弯下腰时
田野一片喜人景象

收禾人带上镰刀
队长一声吆喝
——出工了
男女老少沿着田埂
齐刷刷地一线排开
每人割六孔稻

骄阳似火
没有一丝云彩的蓝天

向大地倾泻灼热的光
汗水浸透衣服的每个边角
各显神通的收禾者不再成线
有的已经向纵深挺进

蓝天不知从哪里飘来了云
雷霆咣的一声炸响
天开始昏暗
队长一声呼喊——
快去收稻谷
所有人丢下手里的活
向晒谷场狂跑
谁也没去想
自己家里也有东西晒着

推，扫，簸，装麻袋
扛进仓库
那雨瓢泼而下时
收禾人挤挨在仓库的屋檐下
脸是晴天的
没有云
留着太阳气息的稻谷
明年又是遍地的金黄

2022 年 5 月 15 日

独轮车的路

四轮马车的路很宽
京城銮驾走的黄道路
更不用说
可我就爱窄窄的田埂路

这路三轮车没法走
两轮车也不行
唯有独轮车
咯吱咯吱在哼调调

田野很广阔
农人还在开垦蚕食路
只有路变窄
翠绿的秧苗才更显波澜壮阔
收获的季节
箩筐层层加叠
稻谷被垛得平平整整

独轮车的承载
只要平衡就没有极限
一个轮子能撑起好几个轮子
都无法承受的力

强壮的农人
套上独轮车的背带
在曲曲折折的田埂
重心放稳
脚掌踏实
独轮车义无反顾
载着农人的希冀
在田埂路上滚动

2022 年 6 月 2 日

乡村宣传队

都是爱唱爱跳的年轻人
农闲后有了排演时间

没有固定场地
哪户农家的堂屋大
就去哪家

吊嗓子就是飙高音
也可以跟着胡琴一条线
咿咿呀呀地低吟
训练不荒腔、走调、脱板
还可随着鼓板的敲击
走台步、圆场、亮相

戏台也是独一无二
用土垒的一个大方台
上面吊着几盏大汽灯
没有天幕，没有背景

大年初一的白天
就有很多小孩
背着长条凳

把位子占好

夜幕降临
演员们描眉画黛
穿着租借的各民族服装
或是白衬衣黑裤子
金丝绒布鞋

看戏的就是在评谁长得好看
漂亮又演得好的角色
就是新一年的谈资
他们往哪站都玉树临风

修水渠的日子
大队支部书记想搞点气氛
就把广播站交给宣传队
没有唱片，也没有收音机
只有通知喊话用的扩音器

索性吹拉弹唱全上
队员们对着话筒
各显神通
把渠道修得热火朝天

那样的日子
像风，像雨，像雾，像电

青春年华一旦有了艺术的加持

日子再苦再累

也会漾起美好的涟漪

2022 年 6 月 6 日

戏痴审椅子

那个年代的宣传队
"黑五类"是进不了的
戏痴有凹凸的身段
立体的五官
鹅蛋脸
粉粉嫩嫩
只是出身不好
唱念做打再好也没能进学校宣传队

下乡后
大队宣传队觉得
戏痴有知识有文化
又会唱唱跳跳
是扩充宣传队的最佳人选
戏痴终于有了上台表演的机会

戏痴大多节目都是跟队员
一起跳舞
表演唱
但她出色的舞姿
优美的唱腔
还是引起队长的重视

那年区里会演
下达任务
要求各大队宣传队
排练婺剧《审椅子》

这剧有难度
台上就一女主
——生产队长
一把椅子
一反角
——地主

戏痴家庭出身地主
戏里审的对象椅子
是地主家的
队长很犹豫
担心大家会有非议
可又很看好戏痴
觉得她主演一定会获奖

权衡再三
队长决定让戏痴上
因为知青还有一个身份
不管你什么出身
都是可以教育好的子女

戏痴感动得热泪盈眶

拿着剧本苦练

每天很早起床到水渠边吊嗓子

走路时会突然停下

甩头亮相

出工时

在田野看飞鸟

在池塘看虫鱼

训练远近顾盼

收工后偷偷躲开人

点燃一根细细的枝丫

磨炼视觉定力

晃动细枝

练习眼神的转动

最绝的是每天回到家

拿一把椅子

上下左右

里里外外

走着台步绕着审

这以后她不管到谁家

第一眼盯上的就是椅子

演出的时候

审椅子的那场戏

被戏痴演绎得出神入化

在鼓板一阵紧似一阵的击打中
搬，敲，听，转
戏痴审椅察人目光如炬
锣鼓锵的一声落下
戏痴掀开椅座夹层
拿出"变天账"
亮相
全场雷动

获奖毋庸置疑
只是
戏痴审椅子成功后
眼神全是审视
包括地主家庭出身的父母

2023 年 3 月 9 日

看瓜人的夜晚

每到夜晚
看瓜人肩上耷拉件外套
手提烟袋和一搪瓷缸土茶
敞着肚皮
摇着蒲扇晃到瓜棚

他蹲着欣赏自己搭建的杰作
四根树干顶着倾斜的稻束
中间垫着木板
三面拉着
有一块没一块的塑料布

看瓜人先绕瓜地巡视
那叼着的旱烟被抽得嘶嘶响
月亮开始西斜
看瓜人回到瓜棚
咕咚咕咚地喝着凉茶
活动一下筋骨
伸个懒腰
就躺到瓜棚里
数天上的星星

孤零零的瓜棚比家里凉快
等瓜卖了钱
盖房，给儿子娶个媳妇
生几个娃……
幸福开始弥漫浸透
眼皮打架感觉越来越沉

蚊子首先来报到
就有了噼里啪啦的巴掌声
可这些嗡嗡声在瓜地潜伏了一天
为能填饱肚子
像饿狼扑食
前赴后继

看瓜人不情愿地起来
点了一支蚊香
用衣服蒙着头

粗重的鼾声开始奏响
蛙儿们不甘心自己的歌声被打断
就汇聚成咕儿呱大合唱
看瓜人翻个身，挠挠痒
蛙声突然沉默
瓜田也寂静了
夜留给累了一天的看瓜人

2022 年 5 月 27 日

无形的物种

椅子坐着
看达尔文的进化论
太阳把水滴吹成气球
悬浮在树下
无形的物种
想已经走远的赏景人

又逢花开
初始总是三枝两枝
不计晨昏地起起落落
小蜜蜂
飞翔的阅读
采集物种起源

花拥抱了属于它的季节
开得满山遍野
在人字顶的茅草屋前
给等人的椅子
编织一扇五彩斑斓的门

2023 年 7 月 2 日

风在教室穿行

东教学楼最东边的大教室
记忆着最辉煌的那个年代
两个班的学生一起上课
单肩包塞的全是黑格尔、费尔巴哈、尼采
《巴黎圣母院》《红与黑》……
那些从农村、工厂、部队来的学生
穿着还留有黄泥巴的球鞋
他们像上膛的子弹
提前冲进教室抢位子
摊开书和发黄的笔记本

脚步响起
老师夹着讲义
坐着的目光随之走动
很饥渴
因为等了十年

上完课，教室沸腾起论争
观点，思想，潮流，信念
风都听懵了
竖着耳朵在走廊上徘徊
他听过春秋时百鸟的争鸣

万花在寒夜后的齐放
蛙在惊蛰苏醒后的鼓雷
但没想到压抑的潜意识会炸出
星球也无法阻挡的思想穿行

这些因论争清醒的头脑
挣脱桎梏
大步攀登
推动浪涛
涤荡污泥浊水

新教学楼的拔地而起
让新生代群体逃亡
大教室的折叠椅被冷落
光线也随之暗淡
门和窗框油漆脱落锈迹斑斑
风在曾经没有
立足之地的教室
恣意穿行
寻找那些已经失落的语言

2023 年 7 月 12 日

伞是有记忆的

到处都是遗忘和被遗忘
遗忘是一种轮回
树被风遗忘
灯被光遗忘
路被清晨遗忘

就像这伞
好像是遗忘了人
它靠着古老的墙
把自己打理得整整齐齐
像绅士要去见心仪的姑娘
头发梳得一丝不苟
还抹了高档头油
留一弄堂芳香

但它孤独地靠着墙
更应是被人遗忘
这个姿势保持了很久
想要唤回遗忘它的人
似乎只有雨能做到

伞是有记忆的

雨不来

遗忘就得持续

2022 年 5 月 26 日

第九辑
不留脚印的路

       路没有尽头，唯有万物留存的记忆。

       龙禄是独子，被家族委以传宗接代、光宗耀祖的重任。龙禄饱读诗书，中师毕业，就想当个老师。但以龙禄的性格也当不好老师，他怕事、胆小、懒散，任命运左右。其实龙禄也有过被重用的日子，但还是碰上了命运的作弄。他试图努力适应改变，但对现实的陌生，最终还是让他选择了被改变。他读的是圣贤书，父母教他的是两耳不闻窗外事，因而他无法完成家族赋予的使命。

       他的路，找不到脚印。

关于龙禄的叙事

近代家史

龙禄是独子
龙禄的爸爸也没有兄弟
但有四个漂亮妹妹
集两代人宠溺

龙禄中师毕业
龙禄的爸爸是小学校长
那天龙禄看见土匪抢劫
一声枪响
龙禄说话开始不利索
对骂他的人只会咧嘴憨憨地笑

土改那年
龙禄的爸爸
被免去校长职务和教书资格
龙禄当教书先生的打算也泡了汤

龙禄的爷爷被划定成分
——小土地出租者
爷爷不在了
龙禄爸爸就继承了这个成分
大姑、三姑都是读书人
读着读着就嫁给了教书先生
去到大城市

二姑是童养媳
婆家解放前一年
家里被土匪抢劫一空
被划定成分为贫农

小姑是去城里读的书
接受了新思想参加了革命
还当了领导
这就是龙禄的近代家史

第一次工作

龙禄家道中落
但在家族中的地位没有变
父母尽一切地满足他

幸好龙禄天性善良
什么事都不放在心上
而且还很懦弱

小姑是革命干部
但家里的血脉传承
光宗耀祖是男丁的事
她牢记

她想尽办法帮龙禄找工作
不管怎么说龙禄有文化
长得也端庄文气
你想发飙
他就憨憨地笑
他牢记老家的古训
——不打笑面人

那个年代转户口不难
在小姑的努力下
龙禄进城工作
给领导当通信员
这差事要脑子灵光
眼明，手勤，腿脚快

龙禄眼不明
耳不闻

手脚不勤

喜欢读圣贤书

满嘴的之乎者也

性格也是出奇地温吞

日子久了

对一个叫不动的通信员

谁都感到伤脑筋

龙禄也为理解不了领导的意图而郁闷

大姑知道了心疼

就让他去海城散心

龙禄高兴得跟孩子一样蹦跶

没跟任何人打招呼

买了张火车票

坐了两天两夜

双脚开始丈量海城

随性的代价

无际的大海没让龙禄志向远大

也没有让他心胸豁然开阔

龙禄只是觉得

玩是很开心的事情

就每天跟着海浪跑
对着海憨笑

大姑还给他介绍了对象
女的长得蛮齐整
是火车上的列车员
见面时龙禄一直没抬头
他哪敢看
母亲说过
只有不正经的人才会喜欢看女人
父亲也教导过
读书人要埋头看书
心无旁骛
才会有出息

大姑想尽办法让两人交往
女的要跑车
见面又看不见龙禄的脸
这种不敢抬头说话的恋爱
龙禄去了三次
女的实在受不了
大姑只能作罢

那个年代纪律严明
任何时间都属于工作
生病都不敢请假

龙禄无事，无病，没报告
就顾自跑得不见踪影
问题极其严重
最终被开除公职

努力的结果

那时的人土地情结很浓
大多不会往城里跑
上过学堂的人也不多
到了城里也找不到事干
龙禄是中师毕业
食品公司缺文秘
小姑就把龙禄介绍过去

龙禄反思了当通信员时的不作为
害得小姑丢脸
这次决定好好工作
给小姑长脸
他使出浑身解数
认真努力
反正住单位宿舍吃食堂
龙禄干得没日没夜

领导很满意
提拔他当了办公室副主任

只是没几年
那些觊觎这个位子的
就开始搜查龙禄的材料

龙禄不会与天斗，与地斗
更不会与人斗
属逆来顺受型
领导经过比较
就给龙禄找了个借口
除名返乡改造

龙禄的母亲多愁善感
自土匪抢劫
每晚睡觉都会被一颗飞来的子弹吓醒
她非常不愿意龙禄出去做事
她就担心会有子弹打中龙禄
恐惧让她的身体越来越差

龙禄搞不明白
努力
为什么会是这样的结果
作为管制对象遣散回家
但他也没去多想

回家可以和父母在一起
他没有愁容满面
还能笑嘻嘻地叫爸妈
龙禄母亲摸着实实在在的儿子
心很踏实，每晚睡觉也不再飞子弹
就觉得一家人团团圆圆是好事

修水库

龙禄家不是"黑五类"
因为修建小岗岭水库的活累又没钱
需要廉价劳动力
父子俩就顺理成章地被划成了管制对象

两个读书人
挑着箩筐拿着铲子
踢里踏拉地来到水库工地
虽然没有工分，但管饭
这是父子俩求之不得的事
龙禄抡锤的活是干不了的
只能扶钢钎
两只手被震得发麻
脑子也跟着发麻

埋好炸药
队长喊
——放炮喽
大家四散而逃
龙禄发麻的大脑慢了一拍
加上害怕跑不快
当炮炸响时
一块小石头飞来
龙禄只觉得一个激灵
抱着头湿了裤裆

自立的日子

在老家干活
龙禄没觉得日子有什么难
因为所有事情父母都会替他操心
龙禄就只管看书

龙禄拿最低的工分
反正他也干不了重活
但却苦了他的父母
父亲也干不了体力活
母亲更是病病歪歪

一家人穷得就只剩祖传的房子

父母一心想给龙禄寻门亲
可谁会嫁
没过几年，母亲生病没钱治
走了
再过几年，父亲饿得下不了床
想吃番薯
家里没有，地里也没有
二姑找了半菜篮番薯赶来
父亲欢喜地抱住拼命地啃
二姑拉着喊：生的，生的……
父亲被噎住
脸色紫黑
手一松
气就没了

这个家就剩下龙禄
他没有能力完成父亲交代的事
除了日出而作日落而归
还是一有空就看书

经常来照顾他的二姑
见他这样
气得把书都扔到地上
龙禄憨憨地笑：这是做啥嘞
你说呢

二姑压着他的肩膀
两眼闪着坚定的光芒
要龙禄牢记家族使命

龙禄没懂二姑的意思
他只会看书
别的事父母没有教过
他也从不跟别人玩
地里干活时那些打情骂俏的话
也听不懂
一次收工看到有人滚草垛
他在一边看得嘿嘿直笑

龙禄不管经历过什么
看过什么书
这人世间的事对他来讲
仍旧是一张白纸
他读不懂
大脑跳出的就两个字：吃饭

过继儿子

二姑又操了好多年的心

龙禄马上三十八岁了
有一天
龙禄来到二姑家
站在门口说
我过继了个儿子
二姑惊得半天说不出话
破口大骂唯一的宝贝侄子
这么大的事也不跟我们商量
过继的没有血缘关系
我们不认

有没有血缘关系龙禄无所谓
他说孩子的父母会管饭
老了孩子会给自己养老送终
孩子几岁了
十二岁
你傻不傻，要也要个小点的
这么大了不会对你亲
没事，他父母答应
每年六担米
我过世后房子归过继子

二姑气得鼻孔冒烟
跺着脚捶打自己
你个败家子，不孝子
这房子是祖辈传下来的

是这个镇上最好的临街房

龙禄哪管这些
他知道爷爷靠这几间房做小本生意
养活一大家子人
还供了好几个人读书
包括自己
可龙禄连饭都吃不饱
还传什么宗接什么代

过继子二十岁的时候讨了老婆
这个家开始热闹
第二年又生了孩子
过继子就自作主张
把两间临街的屋
改成卖山货的铺子
龙禄的床被扔到阁楼上
他不在意
龙禄只要有书看有饭吃

过继子的老婆可受不了
要使唤他干活
龙禄是读书人
也干不了活
为了耳根清净就到外面逛
过继子的老婆气得抓狂

凶狠狠地撂下一句
想要每年六担米
就住出去

被过继子逼走

每天的指桑骂槐
摔盆打碗
给脸色看
龙禄的心慌慌
房屋的产权已经更名
龙禄被六担米"挖了坑"
他只能选择离开家乡进城

这在八十年代初还是很新鲜的事
四十八岁的龙禄
带着过继子给的六担米换成的钱
他不知道可以干什么活
自己能干什么活

龙禄来到小姑住的城市
他在郊区租了间房
找不到适合自己的事干

就每天去城里方向的废纸收购站
那有成捆的旧报纸旧书
他就从早看到晚
中饭啃馒头晚饭吃肉丝面
真正是一人吃饱全家不饿

这样的神仙日子飞也似的
晃眼就过了一个月
龙禄是看得沉醉
看得逍遥
可口袋却是越来越瘪

这天他看到一本《资治通鉴》
如获至宝
去新华书店是买不起的
他左右看了看
老板正在打秤
他紧张地把书塞到衣服里
低头逃离了废品收购站
他脸红又觉得可以原谅
因为他拿的是废品
他心虚所以就不敢再去

闻到花香

天气开始炎热
他选了一条和去城里相反的路
有淡淡的花香
越往前走越浓烈
他走到了郊区的茶厂

正是采茉莉花茶的季节
感觉闻到做梦的气味
木讷的龙禄被香气诱惑
想进厂看看
门卫拦住他
指了指"闲人莫入"的牌子

龙禄随遇而安
邋遢的躯体像被施了魔法
在愉悦圣洁的茉莉花香中
坐到地上看窃来的书

一群叽叽喳喳的采茶女
她们腰间挂着个竹篓
奔着去茉莉花茶园
龙禄听不清她们讲什么
只记住采一斤八毛钱

在生产队干活时
他一直都跟农妇在一起
在这人间四月天
浸润弥漫的香气中
让这个什么都不能开窍的书虫
有了想摘花的欲念

于是就厚着脸皮讨了个竹篓
学着样系在腰上
夹着书跟着去了

遇上桂英

龙禄蹲在门口看书
走路夹着书
这些都被桂英看在眼里
桂英是不识字的文盲
特别敬仰有文化的人
她就一直在龙禄身后跟着走
快到茉莉花茶园时
那香迷得龙禄不停地摇头晃脑

进得茶园

采茶女用最快的速度
抢占花蕾多的茉莉花茶树
龙禄却蹲在花前呆了一双眼
慢悠悠地采下花放嘴里嚼

桂英走过去教他采花
桂英的手指飞快
看得龙禄眼花缭乱
桂英说茉莉花汛有七天的旺产日
称为大花期
龙禄似懂非懂地点着头叹吟
难怪香得这么遥远
文绉绉的声音迷得桂英闻不到香气
鼻子却听到叹吟的声音

桂英四十八了
结过婚
两个儿子都二十多岁了
只是男人走得早
桂英长得丑，显老
一张大饼脸
皮肤又黑又粗糙
皱纹像晒干的橘子皮
也就没有寡妇门前是非多的事

桂英很能吃苦

茉莉花一般下午采摘
这时花蕾大，质量也特别好
到太阳西斜的时候
不仅桂英的竹篓装满了
龙禄的也装满了
回到厂里过了秤
两人拿到四块八毛钱

迟来的爱

大花期的七天采摘
是龙禄最快乐的七天
龙禄很少跟女人说话
更没有女人会像时针一样追随他

桂英住的地方离茶厂有六里地
她每天都走着来回
大清早就赶到龙禄的出租屋
开始打扫，整理，洗衣服，做早饭
龙禄喜欢赖床
早饭端上桌才起来
还喜欢桂英拍他的背
拿着他的脚套到裤子里

这个动作会让他的身体有一种膨胀

十几年没去地里干活
龙禄的皮肤变得光滑细嫩
头发也黑
加上清瘦略高的个子、文气的脸
对女性来说还是很有杀伤力的
只是龙禄看所有的女人都一样
他看不到桂英的苍老
和那张脸上的树皮

龙禄的满足是那种
从来没有过的被人尊重
是有人会听圣旨一样听他说话
心甘情愿地为他付出一切
关心他的冷暖和情绪

桂英每天给他变着花样做好吃的
让人心动的美不在容貌
而是在心里有你
全部是你

龙禄滋生了满足
他就约桂英去抓鱼
一个滑溜掉到水里
桂英不顾一切地把他捞上来

他想去山上采果子
桂英会在他走不动时背他下山

龙禄终于拉起了女人的手
有了想紧紧抓牢的感觉
桂英不会做作
也觉得不现实
她跟龙禄是一个天上
一个地上

龙禄的男性荷尔蒙好像是苏醒了
开始燃烧奔腾
可他不知道该做什么
桂英不再顾忌
用结实的身体让龙禄
做了一回真正的男人

小姑不认桂英

龙禄搬到桂英家里
全村的人都奇怪
桂英这么丑的女人
怎么还能带回个男人

还是一个蛮斯文的男人

桂英叫回两个儿子
一家人吃了一顿饭
桂英让儿子叫龙禄爸
两个儿子都没叫出口
龙禄也不在意
桂英吩咐儿子以后要对龙禄好
两个儿子孝顺地答应了

第二天龙禄带桂英去见小姑
小姑全家都被桂英的丑貌吓一跳
桂英躲在龙禄身后
深深地低着头
她清楚自己配不上龙禄

小姑严肃地坐在藤椅上
几岁了
四十八
还能生吗
桂英摇了摇头
小姑威严地拍桌站起
用手指着门
出去
桂英浑浊的泪在树皮一样的脸上淌下
退着走出了门

小姑气愤地甩上门
一巴掌抽到龙禄脸上
浑蛋
人丑就丑了
还这么大年纪
你要我们家绝后吗

龙禄捂着发烫的脸
长辈们没人打过他
这是第一次
而且还是被
有文化有地位的小姑打了
他原以为小姑思想开明
会祝福他和桂英

龙禄虽然读过很多书
但从来就不会跟人争理
总觉得什么事情都是说不清的
只能嘀咕一句
婚都结了证也领了

突然
龙禄抬头
眼睛明亮有神
大喊一声：我有家了
顿时

还留着巴掌印的脸
花瓣似的绽放

有老婆的日子

有老婆的日子过得很舒心
桂英对他那个好啊
真的是没法说
龙禄要干吗就干吗

第二天一大早
桂英把怀里的龙禄轻轻移开
蹑手蹑脚地穿起被龙禄扯掉的衣服
收拾好房间做好早饭和中饭
然后拉上门进城去打零工
回来时带回一大包菜
给龙禄做各种好吃的

龙禄睡到日上三竿起床
细嚼慢咽美味的早餐
然后打开门把脸朝向太阳
顺手拉上门
哼着小调背着手

在乡间小路游荡
太阳移步头顶时
回家吃桂英温在炉灶上的饭

龙禄娶了桂英还真有了福气
他得到平反
原来的食品公司给他迁回了户口
落实了政策
给了医保
还每月发二十四元退休金
加上过继子的六担米
他可以每天抿几口老酒

走亲戚

讨了老婆后
龙禄开始走亲戚
这个不善言辞的人
走的亲戚是固定的小姑
脸上还是那种憨憨的
没有理由的笑
不管你是讨厌，还是愤怒
那嘴始终是咧着

你即使下逐客令
他还是冲你笑
说白了就是那种没脸没皮的笑

龙禄走亲戚一定会带一份礼物
当然是过年的时候
千年不变
——用黄草纸包的一斤白糖
这是小辈敬长辈
年中走亲戚只要提礼物
长辈一定会留吃饭
龙禄这样的走亲戚
小姑其实很无奈
你要么送点好的
要么变点花样
每年一斤白糖算是什么

龙禄觉得自己挺懂礼数
送的白糖是
祝你们生活甜甜蜜蜜
多好啊
更主要的是龙禄知道省钱
小姑对龙禄的不听话很生气
家里人也都不喜欢他们
在对峙中龙禄的笑脸是打不败的

他先敲开门探进脑袋叫一声
小姑
然后把白糖往桌上一放
没人理他
他会顾自拿起报纸或是书
专注地看着
桂英紧跟其后探进身子
她是勤快人
会主动地帮忙干家务

直到烧好菜
龙禄吸溜一下鼻子——酱香
就低眉垂眼地坐到不起眼的位置
只要骂得不过分
他都会细嚼慢咽很享受
如果有酒他就满脸的媚笑
就觉得你们还是把他当客人
那笑脸更是灌满甜蜜

哪里来的茉莉花香

龙禄和桂英过了二十年
桂英忙碌了二十年

龙禄潇洒了二十年
自从平反拿退休金
龙禄走路时腰背挺得笔直
也会坐着跟人聊天喝小酒
每天下午还会和老熟人走走棋
大家受不了的是
他老嘻嘻笑着悔棋

桂英是新世纪初走的
她最放心不下的
是自己这个什么活也不会干的男人
临走前桂英不舍地拉着龙禄的手
摩挲着一直哭
又拉着两个儿子的手
要他们以后替自己照顾龙禄
两个儿子点头答应

两个儿子没有违背母亲的遗愿
他们把龙禄当亲人
经常会轮流来帮忙干活
龙禄还是过得衣食无忧
但龙禄想桂英
只过了两年
龙禄病倒了
看着桂英的两个儿子
他招了招手

从枕头里摸出一沓钱

弥留之际
龙禄看见了临走时的爷爷
那年他八岁
跟父亲一起跪在床前
爷爷拍了拍父亲的肩膀
摸了摸他的头
竖起大拇指笑着闭上眼睛

父亲临走前饿得起不了床
三十岁的龙禄跪在床前
父亲看着寻不到吃食的龙禄
没有半点责备
只是颤抖着手将两个食指对牢
两眼有了一点暖意

龙禄床前没有亲生儿子
想到父母和几个姑姑委以的重任
眼睛迷蒙地看向有点透光的屋顶
这是桂英留给他遮风避雨的地方
还有床前桂英的两个儿子

龙禄摊开双手
那种没脾气的憨笑慢慢漾开
他好像又闻到茉莉花香

屋子里所有的静物都有了生气
龙禄依稀看见
桂英的痕迹
慢慢地覆盖了全身

2023 年 2 月 1 日

第十辑

在最远的地方看自己

"我只是用眼 / 去品尝 / 用感觉去看 / 我只是旁观者 / 看的是眼睛的虚构 // 我是被风蠕动的草 / 刚才的一幕 / 才是我的所见 / 旁观者 / 品味着人生的每一小段 / 在离自己 / 很远的道路上 / 寻找世界的真实。"这是小学六年级学生写的诗,当时被许多人怀疑。现在回过头看,成年人的怀疑是对的,因为成年人不再寻找,他们相信自己所有的感觉就是真实。

那么世界的真实是你所见的吗?生活是日出而作、日落而息吗?小草匍匐大地时,是疾风知劲草,还是托根无处不延绵?依靠金钱、权势作威作福之人,你们真的享有精神世界的真实吗?你们相信劳动者的苦难和快乐吗?还是以为那是眼睛的虚构?!

叛逆的六妹和三姐的一双小脚

5 岁那年的冬天三姐开始裹脚
缠足时大脚趾不动
其他四趾压到足底
用棉布裹紧
三姐眼泪汪汪地看着母亲
不敢反抗
她是要做童养媳的
婆家要小脚女人

7 岁时再把趾骨弯曲
用裹脚布捆牢
三姐的个子在长高
但脚的长度停滞在 5 岁

骨骼定型后
三姐的脚后跟与脚尖呈三角形
脚背高高拱起
四趾全部挤压到脚底
正中是一道深深的沟壑
脚后跟由于长时间的受力
变得有点像木桩

三姐 14 岁时
47 岁的母亲生了六妹
母亲没有奶水
又要做豆腐养家糊口
就把六妹让三姐带
三姐就用米糊喂
六妹留住了性命

六妹从小缺少营养
人精瘦，脸苍白
5 岁时又要裹脚
六妹不干，大哭小叫
白天裹上，晚上被她扯掉
母亲斗不过她
想想前几个女儿都做了童养媳
这个孽种就留下
家里也该有个文化人
就把她送进学堂

三姐 18 岁时圆房
男人是做生意的
家里二伯掌权
那年土匪闹得凶
二伯被绑了
三姐夫带着所有的钱去赎人
二伯回来了

三姐夫没回来
三姐生过两个孩子都不幸夭折
三姐夫走时三姐已经怀孕四个月

六妹如愿以偿地上了学
那年父亲走了
母亲的担子更重
但咬咬牙还是让六妹读到小学毕业
之后母亲叫六妹做豆腐
六妹不干，就去找亲叔
要亲叔借钱给她读初中
亲叔把她一顿臭骂
一个女娃读什么书，滚
从此六妹恨上所有的地主
幸亏老师资助她一直读完高中

六妹是有文化的人
而且仇恨万恶的旧社会
资助她读书的老师是地下党员
接到上级命令，去省城迎解放
要一个以老师身份掩护的助手
他就带上六妹去了省城
六妹谁也没说，这是上级的要求

六妹全力以赴地投入地下工作
能力得以充分展现

被分配到地委宣传部
没料到两年后动了一次大手术
组织上安排一个读过大学
资本家出身的领导去照顾她
于是就有了一段传奇又罗曼蒂克的恋情
这位恨透剥削阶级的革命战士
居然坠入爱河

六妹结婚的那天晚上
三姐做了个梦
太阳冉冉升起
只一眨眼的工夫就掉进自己怀里
吓醒后再没有睡着

运动来的那年
六妹夫被发配边疆
六妹的第三个孩子即将出世
三姐知道后立马把 13 岁的遗腹子
找了个弹棉花的师傅
送去当学徒
三姐目光坚定地收拾行李
站到了六妹的眼前
就跟母亲生下六妹交到她手里一样
接住了刚出生的外甥和另两个孩子

三姐开始了辛勤的操劳

颠着一双小脚到井边洗衣，挑水，做饭
六妹一如既往地革命
拼命地工作生怕被遣散
但还是受到牵连
下放去修水库
为减轻三姐的负担
六妹带着大儿子一起去

原本每星期可以回一次家
但这个星期没有回
太阳升起的时候
三姐带着 5 岁的外甥女和 3 岁的外甥
来到解放桥
三姐问他们：想妈妈吗
孩子们拼命点头
三姐就指着东方说：妈妈在那里
孩子们就顺着手指的方向
趴在桥栏杆上一直看
三姐突然说：我们去找妈妈
孩子们快乐地跳着说好

他们返回那间 12 平方米的家
三姐觉得是出远门
就把家里所有可以挪动的物件
全都堆到门后
一左一右牵着孩子们的手向着东方出发

夏天的太阳很快变得炙热
当太阳当顶的时候
他们又渴又累
小的说：三姨，我走不动
三姐就把他背到身上
外甥女牵着三姐的衣服
边走边哭：三姨我也走不动
三姐放下小的再背外甥女
就这样反复地换着背

太阳开始西斜
三姐不知道会有 30 多里路
裹过脚的女人是走不了远路的
三姐走得颤颤巍巍
她的意识开始有点模糊
她从来没有读过书
她坚信六妹是有见识的人
她依稀看见前面有人推着独轮车过来
耳边是六妹的声音——
三姐……

2023 年 1 月 10 日

钟点工小庆阿姨的 24 小时

这一年的所有不幸
都在年前爆发
婆婆两次住院做心脏搭桥
花费 4 万元
男人给别人拆墙
墙倒砸断了腿

58 岁的钟点工小庆阿姨没趴下
清晨 5 点眼睛跟闹钟一样定时睁开
跳下床的第一件事就是做饭
不是早餐
没有牛奶面包，西式
没有豆浆油条，中式
不能喝稀的，不耐饿
也不是中餐
因为时间不对

6 点，冲向菜市场
自家要买，东家也要买
7 点，提着大包小包回家
开始吃不是早餐和中餐的饭
必须吃得很饱

把整个胃撑满

7 点 30 分，拿上千年不变的包
下楼，骑上自行车
踩一个小时
8 点 30 分到第一家
开始一天的忙碌
这家做 3 个小时
打扫卫生，洗衣服，叠被子，烧中饭

11 点 30 分，骑车半小时
来得及可以买两个包子
来不及就空着肚子
幸亏早上的两碗饭垫饥
第二家 12 点开始上岗
烧中饭，打扫卫生
东家有洁癖
很多活可以不干
但要求比较高
要不停地用肥皂洗手

14 点到 14 点 30 分再次在路上
没吃中饭这时可以补上
第三家不固定
一般要做 2 到 3 小时
以搞卫生为主

17 点 30 分要赶到第四家
这家的活不轻松
东家不在
小庆阿姨自己开门
要搞卫生，烧晚饭，还要打扫阁楼
没空调，没电扇
在 40 多度高温的阁楼上干完活
衣服可以绞出水

19 点 30 分或 20 点离开
骑行 30 分钟回到出租屋
开始烧自家的晚饭
收拾房间，洗碗，洗澡，洗全家的衣服
最早 23 点上床
还想着能看一会儿手机
但像闹钟一样的眼睛没上发条
耷拉着合上了

梦在大声喊叫
我每天都想睡懒觉
可时间不允许
我很想吃皇帝的早餐
可生活不允许
东家，你们能不能在我没去的日子
不要把三餐的碗都堆在水池
我有时候碗就要洗一个小时

我的手每天浸泡在水里
我的脚永远在路上
一年 365 天
只有过年 10 天才能回老家团聚

2022 年 7 月 30 日

在别墅装修做浇筑的农民工

在地下室
晒不到太阳
那肤色就是白不了的黑
皱纹跟核桃壳似的
还干巴干巴

年纪最大的七十多岁
最小的也有五十多岁
他们穿着捐赠柜里
城里人不要的老旧两用衫
每个人都提着一个大塑料水杯
里面泡的是浓浓的土茶叶
这是一天要喝的水

因为是包工
按小区规定的时间
8 点准时开工干活
先铲沙子，再铲水泥
最后是瓜子碎石
中间挖一个圆
浇水搅拌
年轻一点的都穿着高帮雨鞋

年老的就不讲究

穿一双破旧的解放鞋

上面沾满泥巴

几趟下来胶鞋就湿了

双脚差不多就是泡在水里

完了开始搬运

装满大大的泥桶

用绳子吊到二楼

倒在头天固定的钢筋框架里

几个来回

衣服已经湿到边

然后就咕咚咕咚灌水

用衣袖抹去脸上的汗

撩起衣襟扇风

最快乐的就是头领喊休息

立马挑个干净的地方

四仰八叉躺倒

开始满嘴跑火车

大家最喜欢调侃的就是那七十多岁的人

昨晚干啥了

你说能干啥

老汉眯着眼抽烟

说起年轻时的事

那会儿没现在自由
我们就跑到榨糖厂后面的草垛上
掏出一个洞
那还得很小心
有民兵巡逻
现在住出租房
想干啥就干啥
老汉坏坏地笑

大家就起哄
翻身叠到老汉身上
老汉就在下面嗷嗷地叫
头领拿来两个西瓜
汉子们呼啦一下从地上爬起
一拳砸向西瓜
裂成一块块
那些没洗的泥手
哄抢着抓一块
美滋滋地大口啃起来

2022 年 12 月 25 日

廊桥的山里娃

廊桥上
有妈牵着手
走路都是蹦跳
还没有上学
红衣绿裳可以夹着
背篓背着
裤腰带绑着

山里娃过得快活
晒晒太阳脸就会红扑扑
喝喝山泉水
眼睛就明亮亮
在窄窄的廊桥上跑一趟
打瓶酱油
腰板都会笔直

上学后
早上的太阳一烘屁股
一个驴打滚翻下床
大口划拉着苞米稀饭
就一点咸菜抹一把嘴
不用大人送
提上书包就跟父辈拿上锄头

开始上学的劳作

无忧的夜晚先串门玩
怕大人们知道
就骑上同伴的肩
双肘撑在窗口
挨家挨户地叫着小名
泥巴——柴火——灯笼——
菜地家集中

疯够了，心也踏实了
做作业会趴着睡着

早上穿过廊桥
放学了又穿回廊桥
路上全是追逐打闹
流着鼻涕
摔个跟头
拍打几下哪有什么事

古朴的廊桥没有追求完美的忧愁
山里娃也没有要出人头地的焦虑
简简单单的满足让山里娃陶醉
大人们愣着想
咱家的娃啥时能走出廊桥

2022 年 12 月 11 日

快递小哥

就是那么一天
一个没有阳光的日子
你的身影
在秒针中走动
人性的光芒
爆发出最辉煌的时刻

我喜欢你那张永远笑着的脸
我喜欢小电驴上的那个身影

第一次记住你
是那年除夕前夜
这里没有"封城"
但也是一个劲地买
天下着淅沥沥的苦雨
那时快递件是保安统一收放的
当你出现时
天已经暗了
你放下一堆东西
抹一把脸上的水珠
转身迈上小电驴的大长腿
结实得让我发呆

我是从那年开始
跟一切远离
你是从那时开始
走向每一个人

后来疫情越来越严重
我全改用网购
每次门铃响起
我全副武装
拿着酒精打开门
就见一张戴着口罩也遮不住的笑脸
你的快递

看着你被电梯关上的背影
我泪奔
你怎么就不怕被传染
你会没有烦恼、不开心
你就……

太阳纯洁的脚印
不留空隙
那是你的热量
成了太阳的快递

2023 年 1 月 23 日

少女的麻花辫

一对金黄色的麻花辫
上粗下细
发梢打着黑色蝴蝶结
这是一个 16 岁少女的麻花辫
精血充沛
光泽透亮
丝丝如琴弦

16 岁的花季
金黄色的麻花辫
集天地晶莹
滋养润泽
发香一路播撒
像蝴蝶翩飞
让所有的红蜻蜓
只剩下一双惊异眼睛
玫瑰娇羞地低头
刺被花瓣掩藏

金黄色的麻花辫
青春靓丽
在少女娇艳的脸边
跳来跳去

发梢会甩到某个少年
会让自己的女儿揪住
会跟着少女慢慢变老

只是有一天
被送去集中营前
母亲担心那里不能梳洗
就剪掉了少女心爱的麻花辫
托付给邻居保管

少女噙着泪
眼里全是不舍
回头大声喊
我会回来拿的

现在
这对金黄色的麻花辫
静静地
躺在
纪念馆的橱窗里
发梢打着黑色蝴蝶结
还是
精血充沛
光泽透亮
丝丝如琴弦

2023 年 2 月 15 日

打工的狼

那年的冬天
雪花特别大朵
山林大地全是洁白
修路的工人发现了一群
快要饿死的狼崽
他们把自己吃的肉
投过去

路修了四年
狼崽变成壮猛的狼群
还有了后代
它们帮修路的人干活
每天都会得到报酬
——肉

路修好后
因山陡
狼群靠给过路司机拉车
换肉
养家糊口

这条路有个坡

司机叫它
——阎王坡

又是一个大雪纷飞的日子
两个年轻的司机
第一次开着一辆大货车
走这条路
几个急转弯
车轮开始打滑
突然熄火

茫茫雪原
两束车灯亮得很暗淡
依稀可见一边是山
一边是陡峭的悬崖
年轻的司机吓得大喊
——救命

层叠的峻岭
救命的呼叫起起伏伏
雪花欢喜地追逐
绝望的司机只好下车

一只狼冲天长啸
——嗷呜
刹那

一群狼腾飞而来
年轻司机吓得脸跟雪一样白

狼群围着货车转
有的用爪子刨轮胎上的冰
发嗷呜信息的狼像头领
围着货车转的狼纷纷向它聚拢
看着货车
有的还低头匍匐蹬腿
面部表情
也让人感觉有点忧心

狼头领走到车头挂牵引绳的地方
用嘴咬住
身子用劲地往后退
年轻司机明白

他们迅速挂好牵引绳
狼群规则地排好队
狼头领一声嚎叫
群狼用牙咬住绳子往前拖
司机也用尽全力在后面推

货车终于重新发动
狼群默默退到一边
眼睛闪着幽幽的绿光

他们没带肉
只好把自备的火腿肠、面包
放到地上
狼群叼起东西
狼头领仰头
——嗷呜长啸
年轻的司机也昂首
——嗷呜
群山跟着
——嗷呜

2023 年 2 月 25 日

挑夫挺直的背

挑夫的背是挺直的
歇脚的时候
会用一根搭柱支撑担子的重量
双脚分开
力在搭柱上身子就不佝偻

山很高
在挑夫用毛巾擦汗时
眼会看向山顶
两只脚像树根一样地抓住石板路
衣服被汗水贴牢脊背

这些挑夫从不愁眉苦脸
他们知道山上卖的价比山下贵几倍
跟他们还价的人也很少
徒手上山的城里人趴在石阶上喘气
这时的一口水和一根黄瓜
就跟点金术里金子换不到的面包一样

山路蜿蜒
翠竹青青
挑夫承载着的希望挺拔向上

到老了还在挑
到老了背不驮
路是挑上去的
山顶的风光也是挑上去的

2022 年 7 月 6 日

雕塑纤夫

贴着地面
绷紧的腿像弓一样拉开
双脚把泥滩蹬出大大的坑
纤夫的背被太阳晒出了银
被雨水洗出古铜

纤夫的爱像纤绳一样细长细长
跟婆娘的表白
每天都是
柴米油盐酱醋

婆娘特别爱听
那是心灵的号子
明天，明天的明天
也是绷紧的纤绳
细长细长

婆娘麻利地烧菜烫酒
刷好碗筷
迎接纤夫强健的肌肉
把她扔到热炕头

纤夫的背驼了
眼睛还是光彩
情感付出简单绵长
淳朴的力也绵长
对婆娘的动作还和以前一样

2022 年 5 月 20 日

六安护工席卷病房

来了一次说走就走的住院

办好一切手续
我住进了神经内科 10 号病区
病房共 3 个床位
很不幸我是中间 22 床
郁闷地坐在床上等护士挂瓶

右边 21 床有护工
我问她哪里人
六安
左边 23 床也有护工
我又问，哪里人
六安
这时门口一个说着方言
提着一个塑料袋的人走向 23 床护工
我看着她说：六安人
那人立马止步点头
诧异地看着我
23 床护工：我小姨
我们这层护工全是六安人
我有点无措

我觉得自己还能自理

没请护工

但终归需要帮忙

挂瓶时 21 床护工帮我摇床

午饭时她们去帮我拿来饭菜

盐水吊完了就帮我打铃

吃好饭后帮我用消毒水喷洒饭桌

然后擦干净摇下床让我休息

她们还骄傲地告诉我

我们的卫生间是全楼道最干净的

午休的时候

23 床护工把窗帘拉上

我问干吗

她说做抖音

就看她打开晚上睡觉的躺椅

坐在那对着手机

没多久

就拿给我看她做的抖音

屏幕上是漂亮的护工在美美地唱着歌

我瞪着眼看她

她说是自动美颜，是假唱

我惊奇她的娱乐方式

更佩服她的神速操作

晚饭时是最热闹的
护工们会不停地旋进门
21 床护工提了一大桶面饼
是那种装墙漆的桶
老家拿来的，吃一个
我去给大家分一下
回来后又拿出一瓶腌萝卜
自己做的，尝尝
我拿了一个，真的好吃

走廊响起高跟鞋的击打声
两个护工竖起耳朵
开会，开会
护工们席卷出病房
席卷到走廊尽头
一个穿着小西装的管理者
严肃地点出今天存在的问题
挥手，散
所有护工席卷进各自病房

7 点开始给病人洗漱
然后护工洗漱洗衣
我这个到凌晨 2 点才能睡的人
也随着躺平
9 点鼾声四起
塞上耳塞

不烦躁的清醒
听星空下蛙鸣一片
心从来没有过的宁静

2022 年 12 月 16 日

女人想要一张书桌

装修的时候
在房子宽裕的情况下
女人会留一间书房
留一张书桌
心里的第一念想就是自己的男人

男人是干事业的
是家里的顶梁柱
他要看书，要写论文
女人觉得自己的责任是烧饭
带孩子，洗衣裳

孩子大了
甩开了女人的手
和一直依靠的肩膀
女人开始重拾为家丢失的事业
想起要一个书房
还有那张永远是男人背影的书桌

男人事业有成
野心更是一寸一寸往上长
从来没想过割让自己的地盘
女人评什么职称

女人做什么学问

女人泪眼婆娑
心心念念给男人留的书房
给男人留的书桌
自己没有坐的资格
女人多想书柜里能有自己的书
抽一本放到书桌上
打开电脑写篇文章

毕业二十多年了
女人还是讲师
学历是硕士
男人早已经是博士、教授

女人不再去想那些干不完的家务
女人毅然离开一直眷恋的家
女人来到学校图书馆
终于找到一张书桌
从书架上拿了几本书
静静地打开灯
打开笔记本电脑
深深吸一口气
眼里全是希望

2023 年 1 月 2 日

如此美妙的背影

我的芭蕾舞海薇老师
180 的个子
俄罗斯芭蕾舞女演员的标准身材
高贵，典雅，带点淡淡的忧伤
顺带背影也开始饱满
书写情绪
只因我喜欢
像张国荣、梁朝伟
那种抹不去的忧郁
眼睛就会不由自主
驻在他们的脸上

海薇老师在带着我们练天鹅臂的时候
那大臂带动小臂扇动的背影
在天鹅湖的旋律中
我们似乎也有了天鹅的感觉
脖子也随之拉长
白天鹅的轻灵在灵魂荡漾

海薇老师喜欢用竹鞭敲打节奏喊口令
一哒哒，二哒哒
你一不留神

那拿着鞭子的背影就会雕塑在你面前

当你的五位脚就是站不好时
海薇老师会蹲在地上用手纠正
修长的背影匍匐得很低
经过无数次的努力
你的双脚终于像白天鹅一样踮起
开始了优美的跳踏

有次上课
非常巧
所有学霸都没来
舞蹈很大程度上是靠肌肉记忆
我们剩下的都是训练不够的懒虫
海薇老师要我们把前面学过的跳一遍
因记不清动作
我们像小学生交不上作业
用尴尬的笑来敷衍
海薇老师摊手留一个无奈的背影
气死我了

每次上完课
拍好录像
海薇老师就会跳着拍手宣布
下课了
转身

美妙的背影无限延伸
被光打得悠长悠长
我傻傻地站着
瞬间，秒变
幼儿园的小朋友

游埠的早茶

喝过广州的早茶
很讲究
去的大都是白领
点心用那种一层层的小车推着
你可以随便拿
精致得生机盎然
厅堂也很大
空调清凉

游埠的早茶更像路边早餐店
矮矮的长条桌，矮矮的小凳
很不讲究的陶瓷碗
还有自带的不锈钢保温杯
不分尊卑
谁都可以去坐
没有空调，没有电扇
实在热了就用大蒲扇呼唤着风

两个咸菜饼放一个盘子
咬一口，就一口茶
嚼出了一生的滋味
再点支烟

以前的日子就淡成了雾
随风飘零

在这喝早茶的大都上了年纪
喝着喝着就开始一天的围城
没睡醒的小孩品不出味
就张大嘴打哈欠

2023 年 1 月 6 日

飞翔带货

鸟的道路没有红灯
除了某些季节会堵车
你怎么飞都可以
高入云端
猛扎进水里

鸟的语言很丰富
每天归林都要谈一天的见闻
叽叽喳喳一片喧哗
没有人禁言
大白天的也是到哪哪叽喳
难怪人类有个词
鸟语花香

鱼就不一样了
要么上游
要么下游
就那么点地盘
说话还得冒泡
留下痕迹
最终就是被一张网捕捞
人类也留下一句

俎上鱼肉

一只猛禽——鹗
双翼优美地滑翔
精准地用爪提起
一条刚冒泡感叹的包头鱼
命运因此改变

鹗带着鱼飞翔
就跟明星带货直播
他要让天和地看到
让春对鱼产生购买的欲望
没有中间渠道
一条鲜活的鱼
跟世间万物有了很强的互动

包头鱼没有挣扎
心甘情愿
张着嘴睁着眼
说完了一辈子都没有说出的话
看尽了这生从没有见过的人间
无奈地跟着鹗
在天上翱翔

2023 年 3 月 11 日

对羽毛的爱惜

鹤优美地舒展着身体
一只翅膀跟伞一样打开
长长的脖颈弯了三道弯
比行走的画报还要好看

水流淌过细长的小腿
片片羽毛一点一点啄开
洁白得没有任何颜色
喙一丝一丝
细心地洗礼

羽毛不喜欢被雨
浇成喜蛋
更厌烦风的肆意凌乱
喙每天临湖梳洗

精美的羽毛
只有对其悉心的爱惜
才能梳理出圣洁的光芒

2023 年 6 月 20 日

背景是墙还是风

女子优雅地把防晒帽托在头顶
怕凌乱了发
遮着的是眼眸渴望的阳光
霓裳绿衣飘逸
踮起的脚泄露心底的向往

美的底气是随性慵懒
年龄不重要
岁月在沧桑中倔强灿烂
美的定力在提气时爆棚
形体会跟少女一样

如果背景是墙
那是悬浮的依靠
束缚手脚
如果是风
霓裳会飘摇出绿色
内心自由飞跑

选择背景
是墙，还是风

2023 年 4 月 27 日

当陷入无解

当人陷进迷局
没有公式
没有答案
看不到起点和结果
线条，圆弧，不规则形
盘根错节

一切都是杂乱无序
没完没了地解题
又没完没了地构建新的程序

送快递的博士在扭曲的 6 车道穿行
背着 200 万房贷的房
现价只有 120 万
方程无解

IT 的精英在三角形顶端
荡了个秋千
跌落
与蜗牛成了邻居

只有鸟鸣在跳跃中

穿越错落的屏障
光秃的树丫留下半个窝

人体的密码让简单遇到了复杂
樵夫砍出一条路
有丝丝暖风
经过山的那边

2023 年 5 月 16 日

野性无价

草原清晨的阳光
晶莹剔透的露珠
一匹烈驹悠闲地踩着碎步

忽见雄鹰在头顶掠过
野性的驱使
腾空狂奔

牧马人镇定地拿起套马杆
飞身上马背
流畅地勒马、放马、扬鞭
凭借无与伦比的气魄
牧马人驯服了
这匹烈性的宝马
他们脸靠着脸

马对天嘶鸣
把头埋在
牧马汉子的怀里
它知道从此就得
听从牧马人的使唤
无法逃避

牧马人悠然
抚摸着马的脖颈
发现烈马的眼里闪着泪光
牧马人意识到烈马的野性没有消失
野性无价

牧马汉子久久抱着马头不放
整个草原神圣一刻
头顶苍鹰
依然盘旋

2023 年 4 月 2 日

土墙上的艺术

银幕大小的海报
在土墙上铺开
那层薄薄的塑封
在红枫的拍翅声中传递信息

油漆逃走的窗框
钉了一枚锈迹斑斑的硕大铁钉
挂上一束菠菜
红色的欲望
被绿色摇摆
怀疑成白色的根
这是行为艺术的鼻祖伊夫－克莱因
绝对想不到的

垂在窗格上的毛刷
刷柄被梳成高高的棕色发髻
毕加索的徒子徒孙们
在刷板上画了一张变异的脸
刷毛被锅底刮下的颜料涂成
粗黑的胡须
隐约有了西方现代派
张扬叛逆的性格

毛刷瞪眼看世界是颠倒的

黑色的水草
一条头部尖小
不断放大又没有完整身体的鱼
被一道蓝色光波惊得眼球突出
这种以瞬间的映像作画
对光线和色彩的揣摩
达到了光色美的极致

火红的藏羚羊
咖色象形文字上怪异的千面脸
似乎没有任何意义的木框
长柄拖把
长柄扫帚
长柄刷子
规则组合排列
外星鱼迷茫地在杆子中降落
最后无法游动

田园在树的肩边
土墙的缝隙
滋生的乡村艺术
穿越古今

2023 年 3 月 14 日

普姆雍措上的羊

离蓝天最近的牧场
最富有的是春的吝啬
夏的胆怯

在大地复苏
在最高气温 6 度的夏季
睡不醒的太阳拼命吸吮植物的氧气
海拔 5010 米的风晕得天地旋转
情绪不稳的气温无法控制自己
虐得还没穿上嫁衣的小草发育不良

神秘的普姆雍措
一滴蓝色的天泪落下
心疼得让雪山绵延包裹
撒欢的羊
在春天只有寸头草
秋天也没有牧草收割的高原
无怨无悔地繁衍

普姆雍措有了对羊的依恋
连巍峨的库拉岗日雪峰
也沉醉得静默守候
岛上的牧草

经过夏天的孕育

湖水的滋养

在冬季无理由不茂盛

虔诚的牧民，虔诚的羊

严酷的风阻止了水的上下对流

蓝色的冰层层隆起

晶莹剔透

覆盖了湖面

海拔最高处的羊群

没有饲料的寒冷季节

牧民把宝贵的牛粪烧成灰

在冻结的湖上

铺出一条羊肠冰道

羊群顶着朔风

排着整齐的队伍

肃穆地在冰面上行走

鼻孔不停地歙动

眼睛嗅着青草的光

普姆雍措岛上的牧场

天音藏鼓悠扬

冰湖上走着的羊

神对绝地生存者的眷顾

2023 年 8 月 22 日

通天阅读

地球经历了五个纪元
人类据说灭绝了四次
一条鱼爬上陆地
一片羽毛飞上蓝天
高维物质击发第一个人
——石化的阿尔迪

崖壁上的条纹不规则闪耀
是不同的物种和人
亿万年的书写
随意且镌刻无尽
延伸到天外天

其实文明不是文字
文字只是人类涂鸦的符号
一撇一捺成不了人
岩层里压缩着前人类的思维
通天的阅读
也无法解答其中的一点一滴

2023 年 7 月 18 日

在最远的地方看自己

我站在最远的地方
用眼睛
去品尝
用感觉
去搜索
用心灵
去丈量

眼睛会虚构
心灵会说谎
我被摇晃成
风中蠕动的草

刚才的一幕
一群辛劳的人
跟风景赛跑
捧着书的朗读者
没有声音
印钞机连接粉碎机
地铁车厢装着太阳和月亮
廉价的房子捆绑打包
这是我的所见

过去的一幕
清高的在荒漠迷茫
胆小的在玻璃栈道滑翔
聪明的在精神病院睡觉
劳动者快乐地喊着号子
用汗水冲刷污垢

我开始跋涉
走回起点
品味着人生的每一小段
在离自己
最远的地方
寻找世界的真实
寻找自己的真实

2023 年 3 月 6 日

扎下根的校报情

有过编辑部的故事
更有校报记者的心灵穿越
在那片黄土地
校报记者经过层层筛选
精英聚集

大学教师由于专业所限
一般就带一年的课
校报编辑不一样
要带四年
有一种血脉亲情

退休后开始过上无聊的生活
毕业的记者们思念那些日子
就为我组织了重回编辑部的活动
寻访当年的足迹

踏上那片黄土地
迎面扑来一群人
拉着"我们回家了"的大红横幅
包围了我
一位理科男踩着单车

载着一位工科女
上演了一场《匆匆那年》的经典片段
所有人大脑洞开
跳荡的只有青葱岁月

一位美女新生报到时丢了两千元
校报的大帅哥利用记者的身份
帮助寻回
寻回的不仅是钱，还有后来的一个家
一对相恋的记者
居然在编辑部表白了无尽的思念
有情人终成眷属
这就是在那个不敢公开谈恋爱的年代
校报记者的勇敢脱俗

为提高自己的采访水平
校报记者各显神通，四处拉赞助
到外地采访成功校友
为节省开支大家睡地板
为寻访海岛优秀教师
记者们坐渡轮被台风追着跑

发表一篇稿件六元钱
记者们就激动地去下馆子
一盘螺蛳两元钱
第一盘没尝出味就底朝天

第二盘刚吸吮出鲜味盘子又空了

最后两元再点一盘

任务是必须放倒一个人

然后跌跌撞撞地挤出小酒馆

干吼着"妹妹你大胆地往前走呀

往前走，莫回呀头"

那种自豪感

就觉得自己是天下第一才子

药材之乡的县委书记也是校报记者

大家就自发去一睹风采

女书记接待了大家

她带我们去看炼火

炼火是远古时代

先民对火神祝融的崇拜

赤脚在通红的炭火上穿行

书记搀扶着我

我心温暖

表演场地人山人海

书记怕打搅别人就站在边缘

我心激荡

这就是当过校报记者的县委书记

她把自己放到尘埃

尽情享受民众的欢乐

我心自豪

丰润的羽翼开始展翅
每年的校报记者毕业联欢
都是我送记者去开创人生
声音震颤，不舍
大家抱在一起流泪，不舍

却没料我要离开
倾情了二十多年的校报编辑部
那天
我们坐在搬家的大卡车里
看着一群依依不舍的校报人
跟着车跑
泪眼婆娑
心就永远柔软
从此
不管什么别离都不再入我眼

2022 年 9 月 10 日

后 记

　　诗是童年的想象，是少年、青年的挥洒。那么退休后的生活该如何葆有创作灵光的闪现？我开始阅读岁月，深深体会到只有信仰美，才能发现美、感受美、表现美。如果岁月一定要雕刻一幅老人的脸，我选择向光、敏感、闪耀，与万物共舞。诗让我年轻，让我童心依旧，活出真实。

　　年轻时我喜欢冬天，那种刺骨的冷，搅得天地尽白的飞舞，就渴望生活能永远这样纯粹。当头上的发被岁月浸染成雪色，反倒喜欢上光一样通透、水一样灵动、风一样恣肆、绿一样随性的春。2022 年的阳春三月，我看着玉兰花的破壳、绽放，后又被绿叶替代，就有了想让花、让万物说话的念头。换种说法就是诗意人生，诗思遥寄，返璞归真。物语让我像鸟儿一样自由飞翔，在寻思中实现自己的人生价值，享受甜蜜，收获硕果。

　　我写的第一首诗是《春光乍泄》，写初春时节树上花儿只开了一朵，被一只小鸟抢先抱住，另一只小鸟"踩着单调的枝 / 俯身听一听枝头 / 春光乍泄"，明显是一种期待的心情。这期待也是我的期待，于是我的诗也随着飞翔起来。

春天让我有了诗兴。这个春就被我铭刻到了诗集的第一辑"春的弧度"。春的弧度，其实就是时间的弧度，空间的弧度，日月星辰、山脉大海、宇宙万物的弧度，更是生命的弧度，因为万物与生命都在运动。弧度就是力，就是美。我曾把一些诗发在网上，有网友评论道："如果春天有弧度，那一定是诗的温度；如果人生有弧度，那一定是诗的角度。春的弧度，刻画了精彩纷呈的生命宽度和自由的广度。承载风景，舞动性灵，穿越时空，幻化成春天的翅膀和呼吸。小鸟在春光里欢快啼鸣，把慵懒的种子唤醒……"

弧度是难以准确描述的美感，春的弧度更是需要用独特的视觉，捕捉璀璨夺目的画面，蹁跹出生命的鸿影……将观看者推入被看者的内心，万物在酣畅变迁的大地上舞蹈。唯有用明心顿悟的文字，才能捕获春天。因此，美需要去发现。

在我眼里，风花雪月、山水虫鸟，不仅是景物，而且是有思想的生物。在面对景物的同时我也在思索人与自然的话题。春天很美，春天蕴含的哲理更加诱人。有网友评论："在生活的荒凉和世界的荒诞之间，我已经忘记自己离开春天多久了。感谢诗人执着地唤春同住，一次次把我拉回春天，把春天的声、色、影、情与鸟、花、树、藤一起送到眼前。我，怕是要从辜负这个春天的颓然心境中走出来，找个时间种植心情去看看春天。"

诗意的抒发不仅需要天地合一，与自然和谐互动，更需要超越人的繁杂心境，置身强大的宇宙灵性磁场，在细节的体察中寻求最真实的存在。有网友评论："如此精彩的连续抒情诗，让人浮想联翩，随着鸟儿享受了自由飞翔的乐趣，在片刻的歇息中回忆甜蜜静美的如歌岁月；貌似处在飞翔的静止状态中，实则在积攒继续展翅高飞的能量，在绿意朦胧中希冀着美好的愿景；就像醉人的绿、呐喊的绿、静谧的绿一样活出舞动的人生。读着诗，我能看到小鸟的嬉戏、竹子破土而出的爆裂，听见花开的声音、天地万物春的呢喃。"

诚如荷尔德林所言："人诗意地栖居在大地上。"庸常的生活需要诗意来照亮，琐细的存在需要诗意来击穿，诗的光影来源于感觉的捕捉，用全方位视角聚焦对象，在创意的叙述中，让想象和思跳荡。是一幅画，又回响着画外音；是一朵云，又是云外天光在照耀一颗慧心。赋予光影以细腻情绪，光影就成了诗；赋予诗以生活思考，诗又定格为光影。在"光影次序"一辑中，我用光影作泼墨，寻求深沉哲思，找到了迷离光影以及忧伤与强劲共存的生命质感。有网友评说："敲打得眼睛与灵魂生痛。绘出一幅天地间生命与光影共生的宏阔图景。天地萤火露珠竹影，万物在这光影次序中才有了生命和灵性。在深层的诗情画意中可以体会到一种优雅、高贵、神圣的美。"

事物的美，还在于美的形式。诗集里我着重关注了"潜行"和"集结"等存在形式。人们比较关注表象，却容易忘却美在隐处的运行。"潜行无言"一辑是建立在"所有的果皆源于潜行的因"的诗意溯源上。生命在时空交汇中与万物同在，生生不息。花开、叶落、水流、鸟飞，这些都是万物的语言。但这些语言都是潜行的，一般人只看到其结果，却不知隐藏着的欲望、向往、搏击及层叠的力。有网友说："以潜行姿态看人间的一切，果然别有一番滋味在心头，尤爱'潜行'一词，动感又静默，充满了张力，一如诗人的诸多意象，能倏忽间让人动心，亦能令人品味隽永。""诗人精心聆听世界万物复苏生长的声音，细致观察过程的美丽，哲理地思考内在的因果……用富有表现力的语言，用清新的意境展现给读者，让心灵静下来，慢下来，让匆匆忙忙的世界欣赏身边的静美。不仅看到眼见的美感，还揭示了潜行的美与力。"

不喜欢宏大的叙事，卑微柔弱的生命更能进入诗的视野。"经纬集结"想表达的就是万物之微、之末、之轻，最后就是所有之巨。集结是弱者的智慧、生存的技巧。生命的强弱永无恒定。集结，让我们感受到世界的浩渺，生命力无处不在的本原。存在或许渺小，但却强大！有网友评论："作者笔下有小不点集结的浩瀚海底世界，有踩在挑夫脚下的高山、月光照耀下的沙滩，有大江边贴着地面而行的纤夫、山里的梯田，有水天相映中的夜、跟白云交谈的蓝天，有漂亮裙摆的莲、静静地延续了几千年的瓦……这里有着万物是神、生命天生平等的影子。""读《挑夫》一诗，'路是挑上去的／山顶的风光也是挑上去的'，突然有种想哭的冲动。没有美好的心灵感应，哪来美好的景色！诗，给出了真谛。"

一位在校大学生在读了《飞翔带货》一诗后的感受是："看的时候联想到笼中鸟、水中鱼的意象，二者都被用来比喻失去自由，但是离开笼子的鸟可以自由飞翔，离开水的鱼更珍惜失去自由的那瞬间，感觉含义好深！"的确，自然的法则，是人类永远的天问和探寻。

我也思考了"界限"问题。地球悬浮、太阳系悬浮、银河系悬浮，界限何在？天与地，上游与下游，昨天与今天，真假与美丑，界限何在？一个结论：界限无痕！其实界限是人为的，界限只表示一个过程，万千世界，有序却又有何痕？无痕才是本原。界限是美的固化。而通过诗性的升华，无痕即无限，美可以任性地表达。《粉黛乱子草》有野性又有力量，不仅站出自己的姿态，还敢为蓝天染色。《博弈》中的静静等候，是深渊中的爆发，还是云起云飞，引发风暴，也是无解的，哲思无法抵达。《石头的行走》看起来是在穿越，却可看到一种无形的力在驱使，命运永远无法把握在自己手中。《绿极的崩塌》写高楼吞噬了城市，吞噬了大地，这是对生态平衡被破坏的忧虑，揭示人类最终是被自己毁灭的。《无人区的喧哗》写道："风雕刻了沙粒……只要有一点动静／环形的山就会无限膨胀"。沙之舞竟是如此曼妙，如此神奇。

诗美的创造，需要超越。写作是心灵的洗礼，诗赋予事物以灵魂，又让灵魂有了诗的翅膀。无论你的情感是喜悦还是惆怅，是快乐还是郁闷，都会觉得是诗带来了明净通透，似酒似茶，可以从中品味人生。下乡的日子是艰苦的，让人刻骨铭心。生活可以是甜的，可以是苦的，却不能是无味的。《晒谷场》《赶场看电影》《乡村宣传队》《疯子的尊严》这些诗，像电影的蒙太奇镜头，把曾经的生活片段闪现在眼前，有荒唐、痛苦，也有值得回忆的温馨和念想。有网友说："好喜欢您的人生态度，豁达、从容、慈悲、通透，且有力量。固有印象里一直认为知青生活比较艰苦，今天通过这些诗才了解到居然是可以有自己的情趣的。每个人的生活总是苦甜交织的，希望我们都能够试着在平凡之处发现最简单的幸福。"

那时的生活，时有心灵的拷问、莫名的精神奴役。但我觉得人不管在什么时候、什么地方都要活出自己的天性，这才有意义。因为人不知道自己会降生在什么年代，心里一定要有"我"到另一个"我"的超越，就如水仙花的故事说的，从自我，到非我，到本我。

美需要反思。"在最远的地方看自己"是整部诗集中值得思索的一辑。什么是"真实"？这是个难题，诗歌与哲学都想以自己的方式走近它。在这组诗里，我呈现了许多底层人的生活，虽然都是普通平凡的人物，但我喜欢他们极简又朴素的生命意识，也因之看到了那些人间烟火里的喜与乐、辛与苦，感受到那些生活中点滴的踏实与幸福。我融入这个群体，用自己的阅历和感知力、想象力，以及我所表达的劳动者的坚韧，寻找快乐之源，挖掘出劳动者的人性光芒。诗的境界需要真诚与悲悯，需要一种向善向美的独白。

每一段平凡的人生都值得诗的赞颂，我为这些生命歌唱，从而使那过去的每一分、每一秒、每一份记忆，都成为鼓点的敲击；让那些自我优越感强的人也触摸到现实生活画布上的粗粝，看到实实在在的生活。例如《六安护工席卷病房》写的是六安护工在特殊时期守岗。她们没什么专业技能，但心灵纯朴，手脚勤快，虽在病房，却仿佛仍处乡村，人们互相串门，交换食品，让病人感到前所未有的放松，找回了人与人之间的信任友好，心也得到了安放。人有许多遇见、看见、再见。能够在时光中记录真实，就不乏人生的丰富多彩和生命本身质朴的意义。

有网友评论："对诗的体察，我特别钟爱两个关键词：'意象'和'张力'。意象是压，张力是弹，一压实一反弹，貌似相互抵抗，却正好互相成全，成就诗的力道，一首好诗，两者缺一不可。作者这些诗，意象并不奇崛，却压进去很多力道：'垂直的尾唤起垂直的力'，'风是没有立场的／绿是根深蒂固的'，'疯狂，静谧，温柔，张扬，细腻，粗犷……呐喊的绿'，等等。这当中，《春桥相会》却也打破了我对坚劲力道的执着，读出温爱温情而成的强力，正如其他几首诗中，柔软的羽毛可驭风而上，流动的绿亦可蓄力而舞。"这话说出了诗的奥秘。

有大学同学这样定义我的年龄："这些水灵灵的文字，让我相信作者的芳华还定格在刚入学的 1978 年。40 多年后，她还是诗里的模样，读诗就是读她，我相信生命是可以这样的。"

上面简单回顾了我写诗的心路历程，有了一定的收获，但更有值得进一步探讨、拓展的地方。写诗，有的人是习惯爱好，有的人当作人生使命，也有人把它当作消遣生活的游戏，无论是哪一种，在美好的时光里，代物言说，并有所思，都是荣幸和快乐的！

在这里，我要郑重感谢浙江财经大学人文学院，感谢浙江师范大学原校报记者王珩、胡志威、陈建飞、刘修敏、罗钟炉、翁海锋、俞梅兰、虞建光、李意、姚国松等对本书出版的大力支持。人的青春是短暂的，我有幸遇到浙江师范大学一届又一届的校报记者，我心永远青春。今年年初，年轻的博士生导师王珩教授说了一句"我今年最大的愿望就是看到曹编的诗集出版"，我顷刻泪奔。接着陈建飞一众弟子相助，我感动，我骄傲，是你们让我有了前所未有的温暖，有了向美的不懈追求！这里还要特别感谢胡志威和商海鹏的创意，他们在新昌、在杭州建立了校报驿站，让所有校报人的情感有了归属。那一江春水永远流淌着不消不灭的校报情！师大人的校报，校报的师大人，在每个岗位上熠熠生辉！

再次对关心支持本书出版的朋友们表示衷心感谢！

曹苇舫

2023 年 8 月